En Quête de Sorcellerie

© Tiphaine Levillain, 2023
Tous droits réservés
© Illustrations de Lady Litchi

ISBN : 979-83-968-2641-0

Édité par Tiphaine Levillain

2 La Ville Rose
22330 Langourla

Imprimé par Amazon
Dépôt légal : Juin 2023

En Quête de Sorcellerie

1

Autrice
Tiphaine Levillain
Illustratrice
Lady Litchi

Chapitre 1

Parfois, Azelya était sûre d'être à sa place. Le reste du temps, elle se contentait de l'espérer sincèrement. Ce jour-là était plus difficile que les autres, mais il fallait bien faire avec.

D'un geste las, elle glissa un nouveau rapport dans une épaisse enveloppe de papier brun, le dixième de la matinée. Coincée dans une pièce qui tenait plus du cagibi que du bureau, elle déposa le dossier ainsi clos dans une boîte et s'étira longuement.

Le bois de sa chaise craqua. Même le mobilier de piètre qualité déprimait de sa situation. Elle avait décoré comme elle avait pu, avec quelques bibelots dégotés sur le marché et des fleurs volées dans le parc qui bordait son logement tout aussi minuscule, mais cela n'avait pas suffi à rendre les lieux accueillants. Après plusieurs mois, elle ne s'y sentait toujours pas à l'aise. Ce n'était pas tant la taille le problème : c'était l'absence de lumière naturelle.

Azelya fit tourner ses poignets quelques fois pour achever de se détendre, procéda de même avec ses chevilles, puis lissa correctement les plis de sa jupe.

Un regard à sa liste de tâches lui donna presque envie de pleurer, mais elle se ressaisit. Une petite pause lui permettrait de retrouver toute son efficacité. De toute façon, ses yeux commençaient à fatiguer et elle avait besoin de respirer un peu d'air frais.

Son carton de rapports sous le bras, Azelya se rendit d'abord aux archives pour les enregistrer. Elle prit ensuite la direction de la cour intérieure généralement boudée par ses collègues, qui lui préféraient la serre aménagée au deuxième étage.

En un sens, elle comprenait pourquoi : le chemin de fer passait de ce côté de l'édifice et, quand le vent tournait, toute la fumée envahissait les lieux. La terrasse, elle, avait tout récemment été construite lorsque le Régent de la cité de Toluah avait ordonné la rénovation de plusieurs bâtiments importants, après une violente tempête venue des Terres sans lois.

Malgré cela, Azelya continuait d'apprécier les moments de calme qu'offrait la petite cour pavée. Des herbes et fleurs sauvages poussaient tout autour d'un cercle de pierres blanches, et, depuis quelque temps, même entre certaines dalles. L'été était désormais bien installé, et comme personne n'avait pris la peine de les couper, toute cette végétation arrivait à la taille et maintenait la fraîcheur du lieu.

— Azé !

Assise sur le banc en marbre d'un rose cristallin qui trônait au centre de la cour, sa collègue Dehana lui adressa des signes de main enthousiastes, auxquels elle répondit avec plaisir.

— Tu es encore en pause ? lança Azelya en s'approchant d'elle.

Dehana lui décocha son plus beau sourire. Azelya réalisa qu'elle avait plus besoin de ça que d'air frais.

— Et toi, alors ? répliqua joyeusement son amie.

— Moi, mon bureau n'a pas de fenêtre. Je dois m'aérer de temps en temps, juste rapidement.

Dehana partit d'un grand éclat de rire qui résonna dans toute la cour.

— Tu t'assois un peu pour une vraie pause ou tu passes en coup de vent ? demanda-t-elle.

Azelya secoua la tête.

— Je ne reste pas. Pas le temps. J'ai encore un milliard de choses à faire avant ce soir.

Dehana haussa les sourcils, avant d'afficher une mimique sarcastique.

— Tu veux dire que tu dois te dépêcher de retourner faire le larbin ?

— Je ne fais pas...

Azelya s'interrompit devant l'air désormais sceptique de son amie.

— D'accord, admit-elle en levant les yeux au ciel. Je fais le larbin. Qu'est-ce que tu veux que j'y fasse ? Serek m'a prise en grippe...

Dehana ouvrit la bouche pour répondre, mais ne trouva visiblement rien pour lui remonter le moral. C'était vrai, après tout : leur responsable détestait Azelya.

— J'ai rejoint la Guilde de Protection pour aider, continua Azelya, les sourcils froncés. Et ce que je fais chaque jour, ça aide.

— Mmh…

Dehana n'était clairement pas convaincue.

— Tu as un diplôme de l'Académie de Sorcellerie et de Sciences occultes. Et avec quelle spécialité, rappelle-moi ?

Azelya leva les yeux au ciel.

— Rappelle-moi ? insista Dehana.

— Hantises et possessions démoniaques…

Dehana croisa et décroisa plusieurs fois ses jambes et lissa les plis de sa robe en poussant un vif soupir agacé.

— Et à quel moment est-ce que tu trouves ça bien, de passer tes journées à relire des rapports pour vérifier qu'ils sont bien remplis ? De courir à droite et à gauche pour satisfaire les désirs des uns et des autres ? Alors que tu as tout ce potentiel qui bout à l'intérieur !

— Je ne passe pas mes journées à ça ! s'offusqua Azelya.

La voix de Dehana partit dans les aigus, alors qu'elle s'agaçait pour de bon :

— Tu prépares même le café pour les réunions de la direction !

À bout de patience, Azelya inspira longuement. Elle ne voulait pas se disputer avec Dehana, mais c'était trop douloureux de reconnaître à haute voix qu'elle avait raison.

— Serek finira bien par me lâcher, déclara-t-elle après un court silence. Elle trouvera quelqu'un d'autre à martyriser ou elle se lassera.

— Si tu le dis…

Dehana ne semblait pas convaincue, ce qui ne rassura pas Azelya. Elle n'était arrivée à Toluah que depuis quelques mois ; son amie avait été embauchée presque deux ans auparavant. Elle connaissait bien mieux leur responsable.

— Je dois y retourner, soupira Azelya. J'ai encore…

— Une tonne de choses à faire. J'ai compris.

Azelya se pencha pour brièvement serrer Dehana dans ses bras, avant de rentrer dans le bâtiment étouffant.

Les dernières heures de sa journée furent chargées. À chacune des petites tâches administratives qu'elle accomplit pour quelqu'un d'autre, Azelya se répéta qu'elle participait elle ainsi au bon fonctionnement et à l'efficacité de la Guilde de Protection. Que c'était aussi grâce à elle que les gens de Toluah étaient à l'abri des mauvais usages de la magie, escroqueries, crimes…

Sa bulle vola en éclat quand Serek débarqua soudainement dans son bureau.

— Lostrey, café !

— S'il vous plaît… marmonna Azelya alors que la porte n'était pas tout à fait refermée.

Elle se figea en la voyant se rouvrir lentement. Son cœur cessa un instant de battre devant le visage rouge de colère de Serek, qui jurait horriblement avec le chevron jaune de son costume trois pièces.

— Y a-t-il un problème, Lostrey ? demanda-t-elle d'une voix menaçante.

Azelya crispa ses poings sur le tissu de sa jupe.

— Pas du tout. Je…

— Ces tâches ne correspondent peut-être pas à votre rang ?

— Non, je ne…

— Peut-être espériez-vous que votre oncle vous permettrait de monter rapidement en grade ?

Azelya pinça les lèvres. À ce stade, elle n'avait plus qu'à attendre que Serek finisse de passer ses nerfs sur elle, une fois de plus.

Dès le premier jour, sa responsable s'était montrée claire : elle n'aimait pas les pistonnés et elle se moquait bien que l'oncle d'Azelya siège au Conseil de la Guilde. Elle avait explicitement annoncé son intention de lui faire vivre un enfer et elle avait tenu cette promesse depuis.

Sauf qu'Azelya n'avait pas obtenu son poste grâce à son oncle. Elle l'avait mérité. Elle était première de sa promotion. Elle n'avait pas étudié et travaillé aussi dur pour corriger des comptes-rendus à longueur de journée.

… et elle ne pouvait pas se permettre de tenir tête à Serek pour la forcer à l'admettre. La seule chose qu'elle pouvait faire, c'était le dos rond, en attendant qu'une occasion de faire ses preuves se présente.

« *Et ça n'arrivera peut-être jamais… »,* songea-t-elle, découragée.

— Vous m'avez bien entendu, Lostrey ?

— Oui, madame.

Elle baissa les yeux en signe de soumission. Elle n'avait écouté qu'un mot sur deux : Serek ne faisait que répéter encore et toujours les mêmes récriminations injustes. Ses doigts se crispèrent un peu plus sur le tissu de sa jupe. « *Un jour… Un jour, elle sera bien forcée de reconnaître ma valeur. »*

Serek sortit en claquant la porte et Azelya retint son souffle quelques instants avant de s'autoriser à pousser un long soupir.

— Un jour, peut-être, mais pas aujourd'hui... marmonna-t-elle en se levant à son tour pour aller préparer le café si poliment demandé.

Lorsque l'horloge de son bureau sonna enfin six heures, Azelya se faufila discrètement dehors.

Elle était censée finir une heure plus tôt, mais après la réprimande de Serek qui avait probablement résonné jusqu'au dernier étage, elle n'avait pas eu le courage d'affronter le regard de ses collègues.

Le visage baissé, les épaules crispées, elle remonta la rue en osant à peine respirer. Dire qu'il faudrait revenir dès le lendemain...

Un vol de libellules bleutées la dépassa en bourdonnant et Azelya parvint enfin à se détendre un peu. Après avoir traversé le quartier de la Guilde, elle rejoignit celui des bateliers, puis approcha des rives de la Veine, qui sillonnait tout Toluah avant de poursuivre sa route dans les Terres sans lois. Là-bas, l'eau se chargeait de toutes les énergies négatives produites par les utilisations intensives de magies noires et démoniaques. Elle devenait boueuse, lourde, stagnante... Mais ici, à Toluah, la Veine était d'un bleu pur et profond, parfois parcouru de reflets mauves lorsque des naïades remontaient son cours pour gagner sa mystérieuse source, à des centaines de kilomètres de la cité.

Pour se remettre de ses émotions, Azelya acheta quelques pâtisseries dans une petite boulangerie et s'installa sur un banc pour les déguster. À cette heure de la journée, la chaleur devenait plus supportable et Azelya poussa un long soupir de contentement, la bouche pleine de tout ce sucre savoureux.

Un peu plus loin, tout au bord de l'eau, un professeur donnait un cours de magie élémentaire à quelques adultes débutants. Azelya les contempla un moment. Robes et costumes trois-pièces à la dernière mode, coiffes fleuries et chapeaux hauts de forme. Comme partout, la belle société désirait maîtriser quelques tours de passe-passe pour impressionner en soirée ou se défendre des malandrins la nuit.

Azelya sourit. Elle comprenait sans mal tout cet attrait. Elle se revit un instant, du haut de ses cinq ans, se glisser dans la bibliothèque de sa mère pour voler de lourds ouvrages, espérant ainsi commencer son apprentissage plus tôt que prévu.

Son visage se rembrunit quand son esprit sauta de nouveau sur ses problèmes actuels. À ce rythme-là, elle n'aurait jamais la moindre occasion de faire ses preuves... Et il était hors de question qu'elle finisse sa carrière dans ce placard, à rêver que Serek disparaisse un jour de la circulation. Déjà, parce qu'il y avait peu de chance que cela arrive. Sa responsable était une puissante magicienne, en parfaite santé et a priori totalement satisfaite de la vie qu'elle menait à Toluah. Ensuite, parce que celui ou celle qui remplacerait alors Serek ne serait peut-être pas mieux. Peut-être même pire, si c'était cependant possible.

Les sourcils froncés, Azelya engloutit sa dernière pâtisserie d'une seule bouchée, puis, frustrée, elle se leva et prit la direction de son appartement. Celui-ci se situait dans l'ancien cœur de Toluah, désormais à l'abandon. Elle aurait pu trouver mieux, largement mieux, si elle avait accepté l'aide de sa famille, mais elle voulait se débrouiller sans eux.

Et puis, ses parents n'auraient sans doute pas vu les choses sous cet angle, mais elle aimait le Vieux Centre, le quartier où elle résidait. Plus populaire, plus vivant… Moins guindé. Elle pouvait s'arrêter pour discuter avec un inconnu sans se soucier des convenances, ou encore se joindre à un attroupement pour satisfaire sa curiosité sans craindre les rumeurs du lendemain.

Ce soir-là, d'ailleurs, après avoir échangé quelques mots avec la gérante d'une petite boutique de potions, elle s'approcha d'un rassemblement bruyant.

Une dizaine de personnes s'étaient réunies autour d'une table de bois — une simple planche posée sur deux tréteaux branlants —, et les commentaires allaient bon train. Installé à la table se trouvait un jeune garçon à peine sorti de l'adolescence. Devant lui, trois verres en terre cuite retournés. Du bonneteau. Une pratique interdite à Hiendal, la capitale… mais les lois de Hiendal n'arrivaient pas toutes jusqu'à Toluah. Azelya joua du coude pour se faufiler et mieux voir.

— De combien est la mise ? demanda une autre curieuse à côté d'Azelya.

— Vingt sous, répondit un imposant barbu. Mais il est mauvais.

Azelya reporta son attention sur le garçon. Ses cheveux bruns étaient tout ébouriffés et il transpirait de concentration, une main au-dessus de ses verres.

— Même en magie, il casse pas des briques ! se moqua une troisième personne.

Comme pour lui donner raison, le garçon força un peu trop sur son sortilège et l'un des verres vola en éclats. La petite balle qu'il contenait roula jusqu'à terre et se perdit sous des jupons. Au milieu des rires et de la confusion, Azelya repéra soudain un homme occupé à faire les poches du moustachu.

Les cheveux châtains et courts, quelques boucles folles encadrant son visage avec élégance, l'homme transpirait l'assurance. Ses yeux bleus parcouraient la foule, alors que sa main était glissée dans la poche de sa victime. Quand son regard croisa celui d'Azelya, il lui adressa un sourire effronté sans se démonter, puis il s'éloigna du petit attroupement d'un pas tranquille.

Outrée, Azelya voulut s'élancer à sa suite. La balle bondit de nouveau pour aller se perdre dans ses propres jupons. Alors que tout le monde se tournait vers elle en riant, elle capta l'expression victorieuse du pickpocket. L'homme la salua une dernière fois avant de disparaître au coin de la rue. Ses joues s'embrasèrent de colère et de honte.

Confus, le garçon se précipita vers elle et entreprit de fouiller sous sa jupe pour récupérer son bien. Le malfrat sortit aussitôt de l'esprit d'Azelya.

Azelya y repensa plus tard, une fois chez elle, allongée dans son lit. Le pickpocket était doué et, avec le recul, elle devinait que c'était lui qui avait fait exploser le verre et qui avait fait en sorte que la balle s'échappe ainsi. Il avait donc une maîtrise très fine de la magie… et il s'en servait pour des desseins égoïstes.

À Toluah, les escrocs de ce genre représentaient une menace supplémentaire. À cause d'eux, les habitants n'étaient pas tranquilles non plus à l'intérieur des murs. Comme si les dangers des Terres sans lois ne suffisaient pas…

Soudainement inspirée, Azelya se retourna dans son lit. Elle ne pouvait pas continuer ainsi. Elle n'était pas venue à Toluah pour rester enfermer dans un misérable placard à corriger des fautes de frappe. Elle voulait aider les gens, changer les choses.

Dès le lendemain, elle ferait en sorte qu'une affaire lui tombe dans les mains… Quelle qu'elle soit.

Chapitre 2

Azelya perdit vite ses illusions le lendemain, quand elle trouva la pile de travail supplémentaire qui l'attendait dans son « bureau ». Comme pour se venger de son insolence, Serek avait fait rapatrier plusieurs cartons des archives pour lui demander de tous les passer en revue. Lister, corriger, mettre à jour… Les consignes étaient extrêmement vagues, si bien qu'Azelya n'était même pas sûre de pouvoir satisfaire sa supérieure — ce qui était sans doute le but de la manœuvre.

— Vous déposerez ces cartons dans mon bureau pour que je puisse contrôler votre travail. Ne lambinez pas, il en reste encore des dizaines, lança-t-elle sèchement, avant de partir en claquant la porte.

Dépitée, Azelya se laissa tomber sur sa chaise sans aucune grâce. Toute sa motivation de la veille s'était évanouie à l'instant où Serek avait ouvert la bouche. Comment était-elle censée trouver une affaire assez intéressante pour faire ses preuves, maintenant qu'elle se retrouvait avec deux fois plus de travail qu'avant ?

— Bon ! s'exclama-t-elle à haute voix. Prenons les choses par un bout !

Avec de l'organisation, tout irait bien. Il y avait six cartons qu'elle pouvait gérer en premier et, si elle sautait sa pause déjeuner, elle pourrait ensuite s'occuper des dossiers plus récents. Une fois tout cela terminé, elle mettrait le temps restant à profit pour essayer de dégoter quelque chose. Certains cas traînaient parfois sur un coin de bureau ou à l'accueil en attendant d'être pris en charge, surtout en fin de journée, quand tout le monde commençait à quitter les lieux. Elle trouverait forcément son bonheur.

Azelya déchanta rapidement. Les rapports dataient du siècle précédent, lors de l'installation de la Guilde à Toluah. Bien qu'extrêmement instructifs sur l'état de la cité à cette époque, Azelya eut vite envie de tous les brûler. Serek savait parfaitement bien ce qu'elle faisait en lui demandant d'actualiser et de normaliser tout cela. Les comptes-rendus ne suivaient pas la structure de ceux qu'Azelya corrigeait quotidiennement. Et, en réalité, ils ne suivaient pas de structure tout court.

Ainsi, alors que l'après-midi était déjà bien avancé, elle n'était venue à bout que de deux cartons, après s'être résolue à tout reprendre depuis le début. Avec un long soupir, elle s'étira de tout son long. Peut-être qu'elle n'avait pas besoin de tout finir pour le soir même. Serek ne l'avait pas spécifié, elle avait juste exigé de la rapidité… et Azelya s'était montrée d'une efficacité redoutable. Au pire, elle aurait droit à une nouvelle soufflante. Elle n'était plus à ça près. Si elle se laissait étouffer par le travail, elle risquait de perdre une fois de plus ses objectifs de vue. Il n'en était plus question.

Les sourcils froncés, elle se dépêcha d'actualiser un dernier dossier avant de se consacrer à ses tâches quotidiennes habituelles. Avec un entrain de nouveau mis à mal, Azelya reprit ses corrections, cette fois-ci pour ses collègues, qui reproduisaient encore et toujours les mêmes erreurs. À croire qu'ils se moquaient complètement des protocoles et des lois en vigueur pour que ces comptes-rendus puissent servir à quelque chose... Ou bien ils n'en avaient qu'une trop vague connaissance, ce qu'elle trouvait bien plus impardonnable.

Coincée dans son pathétique placard, Azelya bouillait. Elle avait sa place parmi eux, dans des salles lumineuses. L'injustice de sa situation lui donna envie de tout casser. Un coup d'œil au dernier document qu'il lui restait l'aida à se calmer. Elle devait tenir bon. Sa journée de travail touchait presque à son terme et elle pourrait bientôt partir en quête d'une affaire à résoudre.

Quand sa petite horloge sonna les quatre heures de l'après-midi, Azelya bondit de sa chaise, remontée à bloc. Elle empila ses deux cartons et les rapports plus récents et se dirigea vers le bureau de Serek après un passage aux archives.

Sa supérieure ne prit pas la peine de l'accueillir poliment ; elle posa en revanche un regard critique sur les dossiers qu'Azelya avait pu traiter.

— C'est tout ?

Azelya haussa les sourcils pendant un court instant, surprise, avant de se ressaisir, trop tard.

— Quelque chose vous déplait-il, Lostrey ? Tout cela n'est toujours pas assez bien pour vous ?

Encore la même rengaine. Agacée, Azelya s'efforça néanmoins de ne pas lever les yeux au ciel. Autant éviter de jeter de l'huile sur le feu. Elle aurait bientôt l'occasion de faire ses preuves et de fermer son clapet à Serek. C'était la seule chose à laquelle elle devait penser.

— Je ferai mieux demain, promit-elle en s'inclinant.

— Je l'espère. Votre poste ici est en jeu.

Azelya cligna des yeux plusieurs fois.

— Mon poste ? répéta-t-elle.

— Que croyiez-vous ? Que votre nom vous permettrait de compenser votre médiocrité ? Qu'il vous protégerait indéfiniment ?

Les poings crispés, Azelya serra les dents pour ne pas répondre. Serek n'attendait que cela. Un mot de travers. Elle ne lui ferait pas ce plaisir.

— Non, madame, articula-t-elle à contrecœur.

Serek plissa les yeux, avant de lui faire signe de disparaître. Azelya se dirigea vers la sortie en retenant son souffle. Elle allait faire ses preuves. Et Serek ne pourrait plus rien faire, parce que les résultats seraient là, indiscutables.

— Oh, Lostrey ? lança sa supérieure alors qu'elle refermait la porte derrière elle.

Le corps soudain gelé d'appréhension, Azelya ouvrit de nouveau la porte, juste assez pour glisser sa tête.

— Oui ?

— Avant de partir, préparez la salle de conférence du deuxième pour demain matin.

— C'est déjà la réunion mensuelle avec le Conseil de Toluah ?

Serek l'observa froidement sans répondre.

— Je m'en occupe tout de suite, promit Azelya.

Elle se retira sans demander son reste. Ce n'était qu'un simple contretemps, dont elle se débarrasserait vite. Elle avait l'habitude.

Azelya se dirigea donc d'un pas serein vers l'escalier, où elle croisa quelques collègues en train de bavarder gaiement. Sur le palier du deuxième étage, deux autres s'étreignaient brièvement ; l'un des deux avait coincé deux paquets cadeaux sous son bras. Dans le couloir, trois traînaient encore, un verre à la main. Saisie d'un mauvais pressentiment, Azelya accéléra et ouvrit la porte de la salle de conférence à la volée. Elle tomba nez à nez avec Dehana et Bruenne, une collègue souvent fourrée avec elle.

— Oh ! Azé ! Tu arrives seulement maintenant ? s'étonna Dehana.

— Pour ?

Bruenne envoya un léger coup de coude à Dehana, qui eut soudain l'air gênée.

— C'était euh… l'anniversaire de Prisca, tu sais ?

Le regard d'Azelya quitta un instant le visage de son amie pour contempler l'état désastreux dans lequel les lieux avaient été laissés.

— Oui, on a peut-être un peu exagéré, reconnut Dehana. Je plains la personne qui va devoir tout ranger pour demain…

— Tu veux dire, moi ? demanda Azelya, amère.

Cette fois-ci, sa motivation l'avait abandonnée pour de bon. Azelya allait en avoir pour un moment et elle n'avait plus qu'une seule envie, rentrer chez elle pour se remettre de cette journée désastreuse…

— On va t'aider ! déclara Dehana. Pas vrai, Bruenne ? À trois, on va se débarrasser de ça rapidement !

Son entrain ne fut pas communicatif. Bruenne accepta sans protester, mais, tout comme Azelya, elle s'attela à la tâche sans aucune motivation. Azelya appréciait néanmoins le geste : c'était bon de ne pas se sentir absolument seule. Alors que Bruenne et Dehana papotaient entre elles, Azelya recommença à ruminer.

Une toute petite flamme brûlait encore et se débattait pour garder sa volonté intacte, mais elle l'observait de loin, consciente qu'elle n'avait plus assez d'énergie à lui consacrer. Peut-être que cela irait mieux après une nuit de sommeil, mais elle en doutait : elle se savait sur le point de franchir une limite. C'était peut-être à cause de cela qu'elle avait eu un sursaut la veille. Elle avait senti qu'elle était sur le point de jeter l'éponge, et maintenant, elle réalisait qu'elle pouvait le faire d'un moment à l'autre. Serek allait gagner, après avoir passé les derniers mois à la briser lentement mais sûrement.

— Azé ?

— Mmh ?

Dehana l'observait depuis l'autre bout de la salle, visiblement inquiète.

— Rentre, si tu es fatiguée, proposa-t-elle. On peut finir avec Bruenne. Serek n'en saura rien. Pas vrai, Bruenne ?

Bruenne acquiesça, un mince sourire étirant ses lèvres. Azelya laissa échapper un rire amer.

— Tu parles, je suis sûre qu'elle surveille tous mes faits et gestes.

— Tu devrais faire une détection, elle t'a peut-être collé quelques sorts sur le dos pour t'espionner ! renchérit Dehana.

— C'est comme ça qu'elle s'y prend pour me sauter dessus au moindre faux pas !

— Vous croyez… ? demanda timidement Bruenne. Je ne pense pas que Serek en arriverait à faire une chose pareille…

Azelya et Dehana échangèrent un regard, avant d'acquiescer. Serek n'avait probablement mis en place aucun sortilège : Azelya les aurait détectés tout de suite. Depuis son installation à Toluah, persuadée qu'elle allait travailler dans son domaine d'expertise, elle avait veillé à se protéger de toutes les formes d'enchantements, malédictions et possessions possibles.

En repensant à tout ce gâchis, son semblant de bonne humeur s'envola de nouveau. Peut-être qu'il était temps de rentrer à la capitale. Elle n'aurait probablement aucun mal à trouver un nouvel emploi… *« Puisque je suis une Lostrey »*, songea-t-elle, amère.

Un long soupir souleva sa poitrine et Dehana s'approcha d'elle pour la prendre dans ses bras.

— Tu n'as pas quelques jours de repos à poser ? suggéra Bruenne. Pour respirer un peu et te changer les idées ?

Dehana se dépêcha d'approuver.

— Ça te ferait du bien !

Nouveau soupir.

— Vous le pensez vraiment ?

Bruenne acquiesça en souriant de nouveau. Elle n'était pas très bavarde, bien plus discrète et réservée que Dehana, mais Azelya l'aimait bien, elle aussi. Et, tout comme Dehana, elle ne lui avait jamais reproché d'avoir été pistonnée. Même si, à la réflexion, à part Serek, personne ne l'avait jamais réellement blâmée en face...

— Tu préfères continuer à travailler comme une acharnée pour faire tes preuves, j'imagine ? poursuivit Dehana.

Azelya hocha la tête en silence. Son amie soupira à son tour, avant de se reculer d'un pas. Elle posa les mains sur les épaules d'Azelya avec une expression solennelle.

— Je te donne un mois. Après ça, si les choses n'ont pas bougé, je traîne tes fesses pour partir en vacances, juste toi et moi. D'accord ?

Une lueur de jalousie sembla passer dans le regard de Bruenne, mais elle ne fit aucun commentaire, et Azelya la mit de côté pour réfléchir à la proposition de Dehana.

Azelya fronça les sourcils. Est-ce qu'elle avait encore assez d'énergie pour tout donner pendant un mois ? Elle en doutait... Et, d'un autre côté, elle n'était pas prête à renoncer.

— Marché conclu, accepta-t-elle avec un sourire forcé. Ne t'emballe pas trop. J'y arriverai et tu devras partir toute seule !

Dehana ne s'y trompa sans doute pas, mais joua le jeu :

— Si tu y arrives, tu crouleras tellement sous les dossiers intéressants que tu ne rêveras plus que de vacances !

Azelya tendit la main pour conclure le marché et Dehana s'empressa de la serrer. En tant que sorcières, ce geste avait une forte valeur symbolique. Azelya avait besoin de ça.

— Allez, on finit tout ça et on dîne ensemble ? proposa Dehana.

— Je vais devoir décliner. J'ai du travail qui m'attend et…

— Azelya !

Dehana posa les poings sur les hanches.

— Je n'ai qu'un mois, rétorqua Azelya. Je n'ai pas de temps à perdre !

Malgré une moue ouvertement désapprobatrice, Dehana n'insista pas… heureusement. Parce qu'en réalité, Azelya n'avait pas vraiment envie de recommencer à dépoussiérer ses vieux dossiers, mais elle avait encore moins envie de sortir, et elle ne voulait pas avoir à l'admettre. Son moral était au plus bas et elle avait besoin de passer la soirée à se morfondre pour espérer mieux rebondir.

— Et voilà ! s'exclama Dehana en alignant la dernière chaise. Tout est prêt pour demain !

Azelya savait que c'était faux : il manquait encore les boissons et en-cas, que Serek lui demanderait sans doute d'aller chercher à la première heure.

— Ne veille pas toute la nuit ! la prévint Dehana, avant de quitter le bâtiment désormais désert en compagnie de Bruenne, qui la suivit une fois de plus comme son ombre.

— Aucun risque… murmura Azelya pour elle-même.

Avec un long soupir, elle traîna les pieds jusqu'à son bureau. Maintenant qu'elle était là, elle pouvait peut-être bien se débarrasser de quelques dossiers supplémentaires…

Plusieurs minutes passèrent et Azelya resta debout, immobile, la main sur la poignée de sa porte. Elle ne pensait à rien de particulier. Elle se tenait juste là, le regard dans le vide, à essayer de se décider. Continuer de travailler ? Rentrer chez elle ? Lutter ? Démissionner ? Insister à Toluah ? Partir ?

Le bourdonnement du transmetteur de l'accueil la tira de son marasme. L'appareil s'allumait rarement. La technologie était encore récente et hors de prix, ici, à Toluah. En dehors de l'administration, la population n'y avait généralement pas accès, hormis pour quelques nobles ou très riches commerçants. Quelle que soit la teneur de la communication, elle allait forcément se révéler intéressante.

Azelya attendit un instant puis, comme le transmetteur continua de bourdonner sans que personne ne semble intervenir, elle prit la direction de l'accueil. Consciencieuse, Azelya approuva la réception du message et le nota avec soin.

« Sire Lédone de Palysse », annonça la voix. « Je souhaite être mis en relation avec un responsable de toute urgence. Mes immeubles sont hantés ! Mes employés refusent de venir travailler et mes locataires fuient les lieux, c'est une véritable catastrophe ! »

Azelya frissonna de plaisir. Cette affaire tombait à pic, pour elle, rien que pour elle. C'était exactement ce dont elle avait besoin pour faire ses preuves. Il fallait simplement qu'elle s'assure de se la voir confiée. Elle passa en revue tous les protocoles de la Guilde. En les mixant correctement et en jouant avec deux ou trois flous du règlement… Si elle s'y prenait vite et bien, même Serek ne pourrait pas la priver de cette occasion.

Le cœur battant, Azelya leva une main. Il lui suffisait d'appuyer sur un bouton bien précis pour valider la réception du message. Elle avait vu ses collègues le faire une dizaine de fois déjà. Elle connaissait la procédure par cœur. Une fois que ce serait fait, il n'y aurait plus aucune trace de cette communication et elle aurait le champ libre. Pourtant, sa main resta en suspens au-dessus du transmetteur. Jouer avec les protocoles ? S'en arranger ? Non. Elle ne pouvait pas s'y résoudre. Ils avaient été mis en place pour d'excellentes raisons et c'était grâce à eux que la Guilde prospérait depuis des siècles tout en protégeant la population du royaume de trop nombreuses menaces.

— Je peux vous aider, Lostrey ?

Un frisson d'horreur la parcourut de la tête aux pieds. Elle se retourna, incapable de dissimuler son expression coupable, pour faire face à Serek.

Chapitre 3

Azelya réfléchit et retourna le problème dans tous les sens. Aucune réponse capable de la sortir de ce pétrin ne lui vint.

— Le message, exigea Serek.

Tout n'était pas encore joué. Azelya pouvait toujours récupérer le dossier. Les sourcils froncés, elle tendit le morceau de papier et Serek le lui arracha des mains pour le lire.

— Vous pensiez le garder pour vous ? demanda-t-elle en relevant la tête.

Serek avait en partie vu juste, mais seulement parce qu'elle détestait Azelya. N'importe qui d'autre se serait simplement dit qu'elle avait pris le message en note pour le transmettre à sa hiérarchie, comme n'importe quel employé de la Guilde. Azelya décida donc de nier en bloc. De toute façon, elle avait finalement choisi de s'en tenir aux protocoles. Elle ne pouvait pas être blâmée parce que l'idée de les contourner lui avait effleuré l'esprit.

— Bien sûr que non, j'étais en train de suivre la procédure habituelle.

— Vous parlez de la procédure selon laquelle seules les personnes habilitées peuvent utiliser le transmetteur ? Êtes-vous habilitée, Lostrey ?

— Non. Mais personne n'était là et…

— Êtes-vous en train de sous-entendre que je ne suis personne ?

Azelya pinça les lèvres. Elle ne pouvait rien dire, Serek réussissait toujours à tout retourner contre elle. En temps normal, elle aurait laissé tomber. Pas cette fois-ci. Elle voulait cette affaire.

— Je ne savais pas que vous étiez encore là, répondit-elle poliment.

— Vous pensez être la seule à travailler dur ?

Azelya secoua la tête.

— Non, loin de là !

Au moins, Serek venait d'admettre qu'Azelya travaillait dur. C'était peut-être un signe. Elle commençait possiblement à reconnaître ses efforts. Azelya décida de saisir sa chance.

— C'est un cas de hantise potentielle, énonça-t-elle prudemment.

— Et ? répondit sèchement Serek.

— Je suis spécialisée dans les cas de hantises et possessions démoniaques.

— Oh, rassurez-vous, Lostrey, je connais votre CV par cœur. Et je m'en moque. Rien ne me garantit que vous ayez mérité ce diplôme. Encore moins en tant que première de promotion. Quelle blague ! Cette affaire sera confiée à quelqu'un de réellement compétent.

Azelya serra les poings. Elle aurait dû se contenter de mémoriser le message. Serek n'aurait pas eu d'autres choix que de lui donner ce cas. Au lieu de ça, elle avait voulu suivre le protocole…

« Tu as fait ce qu'il fallait », songea-t-elle en regardant Serek s'éloigner. *« Tu as respecté les règles. »* Mais elle avait également envisagé pendant un court instant de s'arranger du règlement et elle le payait. C'était normal. Elle ne méritait pas de se voir confier cette affaire.

Pourtant, elle bouillait intérieurement. Elle avait besoin de faire ses preuves. Elle voulait aider. Après tout, elle avait volontairement et sans la moindre hésitation prêté serment en rejoignant la Guilde de Protection. *« Je jure de servir, soutenir et assister la population du royaume de Dollède, quoi qu'il m'en coûte. »*

Serek avait presque atteint le bout du couloir.

— J'insiste, s'écria Azelya sans pouvoir s'en empêcher. J'aimerais que cette affaire me soit confiée.

Serek se retourna pour lui décocher un regard noir, mais elle ne prit pas la peine de revenir sur ses pas.

— Encore une insolence de votre part et vous pourrez chercher un nouvel emploi, la prévint-elle froidement.

Serek ne pouvait pas la virer si facilement, justement parce qu'elle était une Lostrey. Azelya avait travaillé dur, seule, pour obtenir son diplôme et sa place au sein de la Guilde. Elle avait conscience de tous les avantages que sa lignée aurait pu et pouvait toujours lui procurer. Elle avait simplement veillé à ne jamais en profiter. Elle préférait se montrer la plus méritante possible.

Cependant, malgré tous ses principes, à ce moment précis, elle songea à franchir la limite qu'elle s'était fixée. Elle pouvait s'avancer et s'affirmer, et forcer Serek à lui confier cette affaire. Serek se plaindrait à la hiérarchie, et après ? L'oncle d'Azelya se trouvait à son sommet. Ses collègues commenceraient peut-être à la regarder de travers, mais elle en doutait. La plupart d'entre eux deviendraient sans doute plus aimables avec elle, bien au contraire, même si elle pouvait faire une croix sur leur sincérité.

Les poings serrés cachés dans les plis de sa jupe, elle se résigna. Elle pouvait faire tout ça, mais elle ne s'y résoudrait pas.

— Je vous prie de m'excuser. J'attendrai d'avoir gagné votre confiance.

Azelya ne voulait pas franchir cette ligne. Elle désirait s'en tenir à ses principes. Elle salua poliment Serek et alla s'enfermer dans son bureau sans lui laisser le temps de réagir. Sa motivation était de retour, fragile, et Azelya essaya de la ménager. Elle se contenta de reprendre quelques dossiers avant de finalement rentrer chez elle.

Le lendemain, Azelya avait tout juste mis un pied dans le bâtiment que Dehana l'attirait dans un coin.

— Il s'est passé quelque chose hier soir ? murmura-t-elle aussitôt.

— Serek m'est encore tombée dessus.

— Parce qu'elle a demandé à l'accueil de t'envoyer directement dans son bureau…

Azelya se figea. Est-ce qu'elle avait eu tort de s'aplatir au lieu de s'affirmer ? Serek y avait-elle vu la possibilité de la virer une bonne fois pour toutes ?

— File. On se retrouve dans la cour juste après, d'accord ?

Azelya acquiesça. Il n'y avait sans doute aucune raison de s'inquiéter. Dehana en rajoutait. Elle avait entendu des bruits de couloirs, qui avaient eux-mêmes été amplifiés... Serek voulait peut-être juste lui demander de finir de préparer la réunion avec le Conseil. Peut-être qu'elle avait cette fois-ci commandé des pâtisseries à l'autre bout de Toluah pour se venger de la veille.

Comme l'avait prévenue Dehana, son collègue de l'accueil lui transmit la consigne de Serek, et Azelya prit la direction de son bureau en ignorant les regards. Tout le monde savait que Serek la détestait. Est-ce qu'ils étaient si avides de découvrir quel serait son prochain sale coup ? Non, elle se faisait probablement des idées. Le bâtiment tout entier ne pouvait pas avoir son attention tournée vers elle ainsi. Le harcèlement de Serek commençait à la mettre un peu trop sur la défensive.

Une fois devant le bureau de la responsable, Azelya prit une profonde inspiration et donna trois coups brefs à la porte.

— Entrez !

Azelya s'exécuta et, quand elle referma derrière elle, elle eut l'impression de jouer définitivement son destin.

Serek la fusilla du regard, avant de pousser vers elle un dossier.

— Vous voilà chargée de résoudre l'affaire Lédone De Palysse, déclara sa supérieure.

Le visage d'Azelya s'illumina.

— Vraiment ? demanda-t-elle, le cœur battant.

— Ne vous forcez pas trop à avoir l'air surprise, répondit sèchement Serek. Votre oncle ne m'a pas vraiment laissé le choix.

Azelya cligna des yeux quelques fois, sans comprendre.

— Pardon ?

— Vous avez voulu la jouer comme ça, poursuivit Serek. C'est parfait. Vous vous dévoilez au grand jour. Vous avez gagné cette partie. Prenez le dossier. J'espère que vous vous planterez royalement.

Serek se replongea dans sa paperasse, apparemment bien décidée à l'ignorer. Azelya n'était pas sûre de bien comprendre ce qu'il venait de se passer, mais on lui avait enfin confié une affaire !

Serek n'ayant visiblement pas l'intention de lui donner plus de détails, Azelya se faufila hors de son bureau, le dossier serré contre son cœur. Elle salua d'un large sourire les quelques collègues qui rôdaient dans les parages. Elle se tenait peut-être un peu trop sur la défensive, mais ceux-là semblaient tout de même essayer de grappiller quelques informations sur son entrevue avec Serek. Ils allaient être déçus : cette fois-ci, pas de soufflante pour Azelya !

Malgré son enthousiasme, Azelya n'avait pas oublié que Dehana lui avait donné rendez-vous dans la cour intérieure pour savoir de quoi il retournait. Elle mourait d'envie de découvrir les détails du dossier, mais elle désirait encore plus partager sa joie avec son amie.

Dehana patientait en faisant les cent pas au milieu des herbes hautes, pendant que Bruenne attendait assise sur le banc. Azelya marqua un temps de pause. En général, Bruenne ne venait pas ici. C'était leur endroit à toutes les deux, Dehana et elle. Et à la fois… Elle était ravie de pouvoir partager sa joie avec plus de monde.

Dehana se précipita vers elle dès qu'elle mit un pied dans la cour, son front plissé d'inquiétude.

— Alors ?

Azelya brandit fièrement le dossier devant elle, sur lequel on pouvait lire l'immatriculation de l'affaire. Bruenne se redressa sur son banc pour mieux l'observer.

— Serek t'a confié un cas de hantise ? comprit aussitôt Dehana, les yeux écarquillés de surprise.

— Oh, Azelya ! C'est formidable ! s'exclama Bruenne.

Ravie, Azelya acquiesça plusieurs fois. Parce qu'elle détestait l'idée de mentir à Dehana, elle s'apprêtait à lui avouer qu'elle devait apparemment cela à son oncle, mais son amie la coupa dans son élan :

— Mais pourquoi ?

— Comment ça, « pourquoi » ? Je ne suis pas assez compétente ?

Elles se regardèrent en silence pendant un moment sans rien dire ; un moment de trop pour Azelya, qui le prit comme un coup de couteau dans le dos. Pourquoi Dehana la soutenait-elle, si elle pensait qu'elle ne méritait pas qu'on lui confie un dossier ? Pour se donner bonne conscience ? Azelya chercha le regard de Bruenne, qui observait ses pieds sans rien dire, visiblement mal à l'aise.

— Ne sois pas ridicule, s'exclama finalement Dehana en riant. Évidemment que tu es compétente ! Je me demandais juste ce qui avait décidé Serek à enfin te confier un dossier !

Azelya hésita une seconde, avant de s'insulter mentalement. Dehana avait toujours été là pour elle. Comment avait-elle pu douter d'elle un seul instant ? Bien sûr, elle devait se tenir sur ses gardes avec ses autres collègues, mais avec Dehana, ce n'était pas nécessaire. Et Bruenne avait sincèrement semblé heureuse pour elle. Réellement.

— Vous le gardez pour vous, hein ?

— Évidemment !

Dehana leva une main en l'air comme pour promettre, puis elle s'approcha un peu plus, visiblement avide d'en apprendre plus. Bruenne, elle, resta assise sur son banc, penchée en avant, les oreilles bien ouvertes.

— J'ignore pourquoi, mais mon oncle lui a demandé de me confier cette affaire.

— Ton oncle ? Tu t'es plainte auprès de lui ?

Azelya tiqua encore. Dehana devait bien savoir, pourtant, qu'elle n'aurait jamais fait une chose pareille. Quelque part dans son cœur, un pincement douloureux l'alerta, mais elle négligea ce signal.

— Bien sûr que non ! Je n'ai pas envie d'être pistonnée. J'ai toutes les compétences nécessaires pour m'en sortir seule !

— Mais tu as accepté l'affaire alors que c'est ton oncle qui a fait en sorte qu'elle te soit confiée. Tu as accepté son coup de pouce, répliqua Dehana en pointant le dossier du doigt.

Azelya le serra contre sa poitrine. Elle n'avait rien demandé à son oncle, donc elle n'avait rien à se reprocher. C'était une opportunité comme une autre...

— Enfin, je suppose que tu aurais eu tort de te priver ! poursuivit Dehana.

Après un nouveau moment de flottement désagréable, Azelya trouva la force de sourire.

— Oui, hein ? Après tout, je n'ai rien demandé.

« Je n'ai rien demandé », se répéta Azelya. Mais n'avait-elle pas souhaité parfois que son oncle intervienne ? Même juste une seconde, les soirs où son mo-

ral était au plus bas ? Bruenne se leva finalement pour se rapprocher.

— On s'en fiche, en vérité, déclara-t-elle en souriant. Que ton oncle t'ait donné l'affaire sans que tu le demandes ou que tu l'aies supplié de le faire… À la fin, ce qui compte, maintenant que tu en es responsable, c'est de la résoudre.

Azelya contempla un moment le visage de Bruenne, ne sachant pas si elle devait chercher un reproche dans ces paroles d'encouragement.

— Allez, on ne te retient pas plus ! déclara Dehana. Il ne faut pas que tu rates ton coup, n'est-ce pas ? Épate-les tous !

— Comptez sur moi ! acquiesça fermement Azelya. Ils vont tous comprendre qui je suis vraiment !

— C'est certain !

Dehana lui adressa un dernier sourire, avant de retourner à l'intérieur du bâtiment, toujours suivie de près par Bruenne. Azelya secoua la tête pour chasser le malaise que leur échange avait fait naître en elle. Elle n'avait pas le temps de se faire des idées sur un sens caché peu probable. Dehana et Bruenne avaient été maladroites, mais ravies. Point.

Avec le moral de nouveau au beau fixe, Azelya ouvrit le dossier pour le consulter. Le plaignant était donc Lédone De Palysse, un membre d'une branche secondaire de la très célèbre famille des nobles De Palysse.

À la capitale, ils faisaient partie de ceux qui décidaient de la pluie et du beau temps. Ici, à Toluah, c'était un peu moins vrai, mais le plaignant n'en était pas moins riche et influent. Il ne tolérerait aucun délai dans le traitement de cette affaire. Azelya devait se presser.

Le cœur battant, elle parcourut le reste du dossier. Selon les propres mots de Lédone De Palysse, l'ensemble de son complexe immobilier était hanté par une entité supérieure démoniaque. Azelya ne put retenir un sourire en découvrant les premières lignes de son témoignage, qui s'effaça rapidement.

De Palysse affirmait qu'un groupuscule des Terres sans lois était la source de tous ses problèmes et que c'était pour cette raison qu'il avait préféré passer immédiatement par la Guilde de Protection, plutôt que de faire appel à un professionnel privé.

Azelya savait que c'était de plus en plus courant, pour les plus riches, d'employer des entreprises indépendantes. Leur efficacité n'était pas à remettre en cause, au contraire, mais ces privés se faisaient payer des sommes indécentes et les résultats n'étaient pas aussi propres qu'on pouvait l'espérer… Ces gens-là avaient tendance à ne pas s'embarrasser des dommages collatéraux, entre autres choses.

Les lèvres pincées, Azelya se jura de régler le problème en trois jours, pour éviter que De Palysse se tourne effectivement vers quelqu'un d'autre. Si son complexe immobilier se révélait aussi vaste qu'il l'affirmait, beaucoup de personnes risquaient d'être impliquées et elle voulait empêcher qu'il y ait des victimes.

Elle souffla bruyamment par la bouche.

— Bon… Et maintenant ?

Selon les protocoles établis, deux options s'offraient à elle : interroger elle-même le plaignant et ses employés, ou bien se rendre sur place pour mener une première observation générale.

Jugeant qu'elle devait se montrer d'une prudence extrême si un groupuscule des Terres sans lois était mêlé à cette affaire, Azelya se décida pour la première. De Palysse devait être en mesure de lui fournir les informations nécessaires pour se préparer au mieux à la visite des lieux.

Plus que jamais motivée, Azelya referma le dossier et se dirigea vers la réception pour contacter De Palysse et obtenir une entrevue au plus tôt.

Réussir à rencontrer Lédone De Palysse se révéla plus complexe que prévu et Azelya déchanta rapidement.

Elle commença par traverser Toluah dans un sens pour se rendre à son domicile dans le quartier le plus huppé de la ville… Où elle fut fraîchement accueillie par son majordome, qui n'accepta qu'à contrecœur de la laisser patienter un instant dans le vestibule.

Azelya fronça brièvement les sourcils en voyant arriver près d'une heure plus tard une femme maigrelette à l'air sévère. Dans le genre perte de temps…

— Sire De Palysse s'est absenté pour la journée, annonça-t-elle sèchement. Reprenez contact dans une semaine.

Visiblement, le majordome n'avait pas jugé utile de communiquer les raisons de sa visite. Entre ça et les regards peu amènes que la femme lui jetait, la première impression d'Azelya n'était pas des plus positives. Elle savait que la Guilde de Protection garantissait qu'aucune critique ne pouvait être exprimée à l'encontre des plaignants et de leur entourage — pas sans une justification solide —, mais Azelya ne voulait laisser aucun détail de côté. Elle nota donc avec soin les attitudes du personnel de De Palysse, qui manquait cruellement de coopération. L'un d'entre eux pouvait être impliqué dans l'affaire.

— N'ai-je pas été assez claire ? s'agaça la femme, alors qu'Azelya n'avait toujours pas bronché.

Azelya prit des pincettes pour répondre. Beaucoup de pincettes.

— Vous l'avez tout à fait été. Je pense que c'est moi, qui suis en faute ici, pour ne pas avoir été assez insistante, peut-être. Je suis envoyée par la Guilde de Protection. C'est sire De Palysse lui-même qui a fait appel à nos services.

Les yeux de la femme se rétrécirent, puis elle afficha un sourire poli, mais sans vie.

— Dans ce cas, sachez que vous étiez attendue depuis la première heure ce matin au complexe immobilier de sire De Palysse. Pour examiner les lieux, ajouta -t-elle avec un regard perçant.

Azelya acquiesça.

— Bien sûr, mais je souhaitais m'entretenir avec sire De Palysse d'abord.

— Je suppose que vous connaissez votre métier mieux que moi, répliqua aussitôt l'autre.

Elle enchaîna sans permettre à Azelya de répondre :

— Vous allez pouvoir faire d'une pierre deux coups : sire De Palysse vous attend là-bas. Il pensait lui aussi que vous commenceriez par examiner les lieux…

Blessée que l'on remette déjà en cause ses compétences, Azelya s'efforça de ne rien laisser paraître. Bientôt, toute la noblesse de Toluah allait préférer faire appel à elle plutôt qu'à un autre. Parce qu'elle connaissait leurs codes. Elle avait grandi dans ce monde… Et quand ce jour arriverait, elle se ferait un malin plaisir de refuser. Azelya voulait travailler pour le peuple de To-luah, pas pour ceux qui se croyaient suffisamment au-dessus pour ne pas avoir à se montrer humains, ou juste plaisants.

— Dans ce cas, je vais aller le retrouver là-bas, déclara-t-elle.

Elle ne laissa pas à l'autre l'occasion d'être une fois de plus désagréable : elle la salua poliment avant de quitter le bâtiment.

« La prochaine fois que je pénétrerai dans une demeure de ce genre... Ce sera pour qu'on me supplie d'apporter mon aide. »

Azelya serra les poings. Bientôt, plus personne ne se permettrait de lui marcher sur les pieds. Pas même Serek. Personne.

Une nouvelle voiture taxi tractée par deux su-perbes étalons à la robe irisée de mauve la conduisit à l'ouest de Toluah, à proximité de la frontière avec les Terres sans lois, là où se trouvait le complexe immobi-lier de De Palysse. À première vue, l'implication d'un groupuscule n'était clairement pas à exclure.

Quant au complexe immobilier en lui-même, il s'agissait du parfait exemple de cette architecture ré-cente, réalisée à moindre coût pour héberger rapide-ment les populations les plus précaires. Bien que la vé-gétation des alentours ait été entretenue avec soin, presque aucun effort n'avait été fait sur l'esthétique. Il avait fallu que ce soit fonctionnel avant tout. Pourtant, çà et là, Azelya reconnut les vestiges de ce qui s'était dressé là auparavant. Une pierre massive, un muret agrémenté de pots de fleurs, une colonne écroulée re-couverte de mousse d'un vert émeraude...

Les bâtiments étaient construits en cercle et, après avoir contourné le premier, Azelya aperçut une tour centrale, plus imposante et luxueuse que le reste du complexe. Parfaitement ronde, son architecture tranchait cruellement avec les autres, comme pour rappeler la différence de statut social entre le propriétaire et ses locataires. Là, personne n'avait regardé aux dépenses : les fenêtres étaient larges, hautes, les murs comportaient de nombreux éléments ouvragés, des représentations de végétation, principalement. La porte était immense et luxueuse elle aussi.

Pas étonnant que les employés avaient refusé de rester travailler, avec un cas de hantise. Pour le moment, rien ne semblait donner envie de risquer sa vie pour De Palysse.

« Tout est si silencieux… » songea Azelya.

Pas une cigale sur le tronc d'un arbre quelconque, pas d'oiseau dans le ciel, pas le moindre murmure de vent. Pourtant, partout ailleurs dans Toluah, la Nature s'en donnait à cœur joie. Était-ce la présence avérée d'une entité malfaisante ? Ou bien la proximité des Terres sans lois ?

Azelya n'avait pas encore eu l'occasion de s'approcher autant de cette frontière maudite. Elle ne comprenait pas qu'on ait pu construire des logements aussi près d'un tel danger. Son regard se perdit un instant en direction des Terres sans lois. Un épais et haut mur se dressait à quelques centaines de mètres seulement. L'édifice était censé protéger Toluah, mais les groupuscules occultes n'avaient jamais eu aucun mal à le franchir, malheureusement. Une soudaine appréhension lui serra la gorge.

« Allez, mets-toi au travail ! » se secoua-t-elle.

Azelya traversa la cour et, une fois au pied de la tour centrale, elle marqua un arrêt. Y avait-il quelqu'un pour lui indiquer où se trouvait De Palysse ?

Une fenêtre explosa, quelque part au-dessus d'elle. Plusieurs meubles s'écrasèrent tout autour d'elle.

Azelya leva la tête, juste à temps pour apercevoir l'imposante commode qui tombait droit sur elle.

Chapitre 4

Azelya eut tout juste le temps de bondir sur le côté pour éviter le pire. Elle roula plusieurs fois sur elle-même pour s'éloigner au plus vite. Elle se releva ensuite, déchirant sa jupe au passage, et courut vers un espace plus dégagé.

Le souffle court, elle scruta les étages supérieurs de la tour, tous ses sens aux aguets. Elle eut l'impression de détecter une présence fugace, quelque part dans le bâtiment, mais le ressenti s'évanouit rapidement.

Le nuage de poussière soulevé par les meubles retomba en silence. Pendant un moment, rien d'autre ne bougea, puis une silhouette s'agita derrière l'une des fenêtres brisées.

— Oh Grands Dieux ! Vous allez bien ? s'exclama l'homme en se penchant prudemment.

— Il me semble, oui, répondit-elle.

Elle avait voulu parler d'un ton ferme, mais elle ne parvint pas à contrôler les tremblements dans sa voix. Elle avait déjà eu à s'occuper de cas pratiques, lors de ses études, mais jamais seule. Les implications étaient différentes, cette fois-ci. Elle ne pouvait compter que sur elle. Aucun droit à l'erreur. Azelya ferma un instant les yeux. Pourvu que ces longs mois d'inactivités n'aient pas trop émoussé ses sens...

— Rejoignez-moi en haut ! lança l'homme, impérieux, avant de disparaître.

Prudente, Azelya prit le temps d'épousseter ses vêtements. Sa jupe était bonne à jeter, mais tant pis : il s'agissait des risques du métier, elle avait aussi signé pour ça.

Elle observa ensuite les étages de la tour. Les meubles étaient lourds, mais ils n'avaient pas été projetés très loin. L'entité responsable était donc de puissance moyenne, probablement... Sauf si son but était uniquement de les faire partir, plutôt que de les tuer. De temps en temps, certaines créatures surnaturelles souhaitaient simplement s'installer dans un nouvel endroit.

Et si un groupuscule des Terres sans lois était impliqué, peut-être que l'objectif était d'établir une sorte d'avant-poste dans les murs de la ville, d'où il serait possible de faire bien plus de dégâts. Ou pas. Cela n'avait aucun sens. Ils n'auraient jamais choisi un tel endroit... Et se seraient montrés plus discrets. S'il s'agissait de criminels de ce genre, ils devaient avoir une autre finalité en tête.

Pour le moment, dans tous les cas, la plus grande vigilance était de mise. Azelya devait absolument convaincre De Palysse d'évacuer entièrement les bâtiments et de les maintenir vides jusqu'à nouvel ordre, au cas où.

« Bon… *Quand il faut y aller…* »

Azelya s'approcha lentement de la tour, le regard fixé vers les hautes fenêtres, avant de franchir d'un bond les immenses portes. Son visage se leva naturellement vers les étages supérieurs alors que sa bouche s'ouvrait sous le coup de la surprise. L'extérieur lui avait semblé luxueux, mais ce n'était rien en comparaison de l'intérieur. Moulures et dorures dans tous les coins, d'épais tapis sur le sol, de superbes luminaires en verre ouvragé, un plafond décoré de nombreuses fresques et soutenu par d'imposantes colonnes de pierre.

Devant elle, un escalier central montait en s'enroulant le long du mur, et elle l'emprunta d'un pas fébrile. Azelya tripota machinalement le talisman qu'elle portait autour du cou. Il était activé en permanence, où qu'elle se trouve, y compris au quartier général de la Guilde… Mais elle pressentait que ce ne serait probablement pas assez. Elle glissa la main dans la poche de sa jupe pour en activer un second.

Elle retrouva De Palysse sur le palier du quatrième étage, alors qu'il descendait les marches en jetant des regards méfiants par-dessus son épaule.

De loin, il avait semblé vaguement inquiet. De près, il était encore plus rude que la femme qui avait « accueilli » Azelya plus tôt. Il était évident qu'ils partageaient tous les deux un lien de famille. Même visage osseux, même teint pâle, même silhouette maigrelette.

— Ah, vous voilà ! Venez, ne restons pas ici. Allons dans mon bureau.

Au moins, elle était bel et bien attendue… Mais c'était incroyablement rustre de lui donner des ordres ainsi sans prendre le temps de faire de quelconques présentations. Heureusement, les protocoles l'obligeaient à décliner son identité et son rôle à chaque interaction qu'elle menait dans le cadre d'une affaire.

— Sire De Palysse ? l'interpella-t-elle. Je suis Azelya Lostrey. La Guilde de Protection m'a envoyé enquêter sur votre cas de hantise.

Elle s'inclina poliment, et elle jura l'apercevoir rouler des yeux, avant de lui adresser un bref signe de tête.

— Je vous espérais plus tôt ! Enfin, je veux dire, un privé serait sans doute déjà sur place, mais bon... Dans tous les cas, venez, ne perdons pas plus de temps en bavardages inutiles.

Azelya se força à lui offrir un sourire affable. De Palysse rentrait dans la case qu'elle aimait le moins, parmi la noblesse du royaume de Dollède : ceux qui se croyaient au-dessus de tout et ne prenaient même pas la peine d'essayer de s'en cacher. Mieux que les hypocrites qui vous complimentaient par devant et vous enfonçaient des couteaux dans le dos, mais pas bien hauts dans son estime malgré tout.

De Palysse monta encore un étage, puis ouvrit à la volée la superbe porte en bois massif qui donnait sur un bureau outrageusement spacieux. Azelya lui emboîta le pas. Un frisson la traversa alors qu'elle pénétrait la pièce, et pour cause : les fenêtres étaient presque toutes brisées et un désagréable courant d'air froid se promenait entre les décombres de meubles.

— Comme vous pouvez le constater, il y a une présence gênante dans mon bâtiment, lâcha De Palysse en repoussant un coussin éventré du bout du pied.

Azelya observa un instant les dégâts, avant de rentrer directement dans le vif du sujet.

— Selon vous, la première manifestation claire date d'il y a douze jours et que cela s'est poursuivi sans discontinuer. Pourquoi avoir attendu si longtemps avant de nous contacter ?

De Palysse eut aussitôt l'air encore plus contrarié.

— J'ai demandé à Tydal Obélile de s'en occuper. C'est mon gestionnaire.

Azelya acquiesça. Cela faisait sens. La question était donc plutôt de savoir pourquoi ce Tydal Obélile n'avait pas immédiatement pris de mesures adéquates…

— A-t-il fait appel à un privé ?

De Palysse haussa les épaules, sans chercher à dissimuler son agacement cette fois-ci.

— Je crois qu'il n'a rien fait du tout. Et en vérité… Je le soupçonne d'être responsable de la situation.

— C'est-à-dire ?

— Vous ne prenez pas de notes ? Non ? Bah…

Il sortit une boîte de cigarettes de la poche de son gilet et entreprit d'en allumer une. Azelya patienta poliment. Autant lui laisser le sentiment qu'il contrôlait leur entrevue… Il serait d'autant plus enclin à suivre ses consignes.

— Tydal Obélile est un gestionnaire efficace. Il a su exploiter au mieux les lieux et j'en tire des profits fort agréables. En retour, je ne mets pas le nez dans ses affaires privées. C'est une question de confiance, n'est-ce pas ?

— Je suppose, oui.

De Palysse acquiesça, satisfait, avant de reprendre :

— Obélile fréquente des milieux douteux. Comme je vous l'ai dit, tant que l'argent rentrait, je n'avais aucune raison de m'en préoccuper… Mais les choses sont différentes, maintenant. Je crains fort qu'il soit sciemment responsable de tout cela. Y compris l'implication de ce groupuscule qui…

— À ce sujet… l'interrompit Azelya. Qu'est-ce qui vous fait croire qu'un groupuscule des Terres sans lois est impliqué ?

— Je ne l'ai pas déjà expliqué ? s'étonna-t-il. Ils ont été vus, enfin !

— Puis-je avoir le nom des témoins ?

De Palysse l'observa un instant. Quand il recommença à parler, le ton de sa voix était devenu plus froid.

— Je demanderai à mon secrétaire de vous récupérer ça. Mais vous n'en aurez pas besoin. Vous connaissez le coupable. Maintenant, trouvez les preuves nécessaires pour le faire condamner.

Azelya ne put se retenir de tiquer. Visiblement, il pensait être en position de donner des ordres et d'avoir des exigences. Avec des privés, cela aurait été le cas, mais en l'occurrence…

— Sire De Palysse, ce n'est pas ainsi que nous…

— Dois-je appeler le Conseil de la Guilde pour expliquer de quelle façon vous avez refusé de faire votre travail ?

Azelya sentit son sang ne faire qu'un tour.

— Mon travail consiste à…

— Il consiste à faire tomber l'instigateur de toute cette malheureuse affaire. Autrement dit, Tydal Obélile. Et c'est tout. Les choses ne pourraient pas être plus claires, n'est-ce pas ?

Il l'observa avec mépris, le menton relevé. Humiliée, Azelya hocha la tête, les poings serrés dissimulés dans les plis de sa jupe.

De Palysse quitta les lieux abruptement, prétextant un rendez-vous important ailleurs, après avoir exigé un premier rapport pour le lendemain matin. La gorge nouée, Azelya n'avait pas trouvé le courage de le remettre une fois de plus à sa place. Tant pis pour cette fois-ci. De toute façon, si elle le faisait, De Palysse pourrait décider de se plaindre d'elle à Serek, qui n'attendait probablement que cela… Sa supérieure se ficherait bien de savoir qui serait véritablement en tort.

Azelya poussa un long soupir. Jusque-là, les lieux lui avaient semblé quelque peu accueillants… Désormais, elle se sentait oppressée, comme si la présence de De Palysse flottait partout. Qu'il devait être difficile de vivre là, avec cette écrasante tour à proximité !

— Reprends-toi, bon sang ! s'exclama-t-elle soudain.

Azelya ferma les yeux et inspira longuement. Elle était la meilleure de sa promotion. Ses professeurs avaient toujours cru en elle. Ils avaient salué son excellente sensibilité à la magie et à la sorcellerie. Elle avait une affinité particulière pour les entités non humaines. Elle était toute désignée pour cette affaire. Elle *méritait* cette affaire.

— On s'en fiche, de De Palysse ! poursuivit-elle. Il y a des gens qui ont besoin de retrouver leur logement. C'est pour eux que tu mènes l'enquête.

Les sourcils froncés de détermination, Azelya respira encore une fois, puis elle leva une main devant elle pour lancer un premier sortilège pour amplifier ses sens. Elle en prononça un second, qui avait pour rôle de figer les influx magiques dans un cercle de plusieurs dizaines de mètres tout autour d'elle. Maintenir ces deux sortilèges ensemble suffisamment longtemps pour pouvoir explorer les lieux allait l'épuiser et elle aurait sans doute besoin de s'y prendre en plusieurs fois pour tout examiner, mais elle refusait de lésiner sur les moyens.

Azelya commença par le bureau de De Palysse, en toute logique, puisque l'entité s'y trouvait quelques instants plus tôt. Elle y décela quelques traces d'énergie magique, dont certaines liées à un usage domestique ou ludique, ainsi que d'autres, plus floues, sur lesquelles elle ne s'attarda pas. Tout cela n'avait rien de surprenant : De Palysse était très certainement du genre à s'amuser de pratiques plus ou moins innocentes pour briller en société.

La tour abritait plusieurs bureaux, appartements et salles de bal. Après en avoir exploré la moitié, Azelya arrêta son inspection. L'entité n'avait laissé aucune trace de son passage. Ou en tout cas, aucune qu'Azelya ait été capable de détecter. Elle décida de retourner dans la cour.

— Où te caches-tu ?

Azelya contourna le bâtiment depuis l'extérieur, jusqu'à capter quelque chose de ténu, mais bien présent. Elle fronça les sourcils. La nature des entités non humaines était extrêmement variable, mais elle avait appris à discerner certains aspects et, en les recoupant, elle pouvait ainsi identifier avec un bon degré de précision à quoi elle avait affaire. Elle n'aima pas ce qu'elle décela et progressa plus prudemment encore.

Dans son esprit, elle commença à lister les éléments à inscrire dans son rapport, ainsi que les différentes procédures à éventuellement enclencher, selon la théorie qui se confirmerait.

Les influx magiques la menèrent vers la tour située au plus près de la frontière avec les Terres sans lois — sans grande surprise.

La porte d'entrée principale avait été laissée entrouverte. Azelya la poussa du bout des doigts. Un faible grincement brisa le silence. Elle s'immobilisa longuement. La piste qu'elle suivait faillit s'évanouir complètement, mais elle parvint à s'y raccrocher… et elle venait de ce bâtiment, sans le moindre doute. Le hall était plongé dans la pénombre, mais elle remarqua sans mal que tout élément luxueux en était absent.

Azelya inspira profondément. Une odeur piquante lui fit froncer le nez. Elle élimina deux possibilités. Celles qu'il restait étaient les moins réjouissantes, néanmoins, elle les préférait : il s'agissait de cas d'école rares, mais connus, relativement simples à gérer en respectant les procédures adéquates.

Le sourire aux lèvres, elle avança en aveugle dans la pénombre, se fiant uniquement à ses sens, rebroussant quelques fois chemin. Elle arriva finalement à complètement isoler la source des influx magiques au cinquième étage… jusqu'à ce qu'une intervention étrangère vienne la parasiter.

Le cœur battant à tout rompre, Azelya accéléra le pas et traversa un long couloir en se retenant à grande peine de courir. Elle ne devait pas laisser l'excitation lui faire oublier les règles de sécurité les plus élémentaires, mais… Quelque chose était en train de se produire, qui n'aurait pas dû.

Azelya ouvrit une dernière porte à la volée, débouchant dans l'un des logements, dont le salon avait été ravagé. Les meubles étaient renversés, poussés pour la plupart contre les murs. Au centre de la pièce, un cercle agrémenté de motifs complexes avait été tracé à la suie — des motifs qu'elle peina à reconnaître, car quelqu'un les avait piétinés à plusieurs reprises.

Des chandelles finissaient de brûler sur un autel duquel du sang désormais séché avait ruisselé.

Azelya captura toute la scène d'un seul regard, puis elle se concentra sur la silhouette qui lui tournait le dos. L'homme n'avait pas réagi à son irruption pourtant fracassante, trop occupé à performer lui-même un sortilège. Les yeux écarquillés, Azelya le vit parasiter les derniers vestiges du rituel, rendant impossible toute analyse de sa part.

— Je peux vous aider ? explosa-t-elle.

Tremblante de rage, elle s'avança d'un pas, les poings serrés et le regard mauvais.

L'inconnu poussa un long soupir agacé, mais ne répondit pas tout de suite. Il mit d'abord fin à son sortilège d'un geste de main élégant et efficace — de la belle sorcellerie — avant de se tourner vers elle.

— Vous ! s'exclama-t-elle en le reconnaissant.

Sa colère monta encore d'un cran.

Chapitre 5

L'homme haussa les sourcils, surpris. Azelya le fusilla du regard, attendant qu'il la reconnaisse à son tour, mais…

— On se connaît ?

Elle le détailla. S'était-elle trompée ? Les flammes des bougies projetaient de drôles d'ombres dans toute la pièce, y compris sur le visage de l'homme. Non, elle était sûre de son coup. La même attitude arrogante, la même lueur narquoise au fond des yeux. Il ne l'avait pas reconnue, mais la situation l'amusait cette fois-ci encore.

— Je vous ai pris la main dans le sac il y a deux jours, alors que vous faisiez les poches d'un honnête passant, siffla-t-elle, méprisante.

Le visage de l'inconnu s'éclaira alors qu'il semblait se souvenir.

— Oh, ça !

Il hocha la tête, avant de hausser les épaules.

— Désolé, vous ne m'avez pas particulièrement marqué. Mais je vois de quel honnête passant vous parlez, précisa-t-il aussitôt. Enfin... «Honnête»... De vous à moi, ce n'est pas vraiment le profil du type, non.

Sans s'intéresser davantage à elle, l'homme retroussa les manches de sa chemise et entreprit de lancer un nouveau sortilège. Par réflexe, Azelya leva une main pour l'en empêcher. Leurs magies se percutèrent abruptement ; des étincelles jaillirent au milieu de la pièce, puis il n'y eut de nouveau que la lueur des bougies.

— Vous permettez ? s'agaça-t-il aussitôt. J'essaie de travailler.

Azelya sentit la moutarde lui monter au nez.

— Non, je ne vous permets pas ! répliqua-t-elle sèchement. S'il y a quelqu'un qui essaie de travailler ici, c'est moi, et vous êtes en train de tout ruiner !

L'homme haussa de nouveau les sourcils de surprise.

— C'est De Palysse qui vous a embauchée ?

Azelya acquiesça, avant d'ajouter :

— Je suis la représentante de la Guilde de Protection pour ce cas de hantise. C'est moi qui ai la juridiction pour...

— Oooh, c'est bon, oui, je vois, la coupa-t-il.

Il leva une nouvelle fois la main et, cette fois-ci, Azelya se fit prendre de vitesse : il parvint à lancer un dernier sortilège. Celui-ci fut si bref qu'elle n'eut pas le temps de l'analyser pour comprendre son intérêt, mais, dans tous les cas, il brouilla encore plus la scène de rituel. Azelya n'avait plus aucune chance d'avancer sur son enquête par ce biais.

— Je vous somme de décliner votre identité et les raisons de votre présence dans ce bâtiment ! exigea-t-elle avec toute l'autorité dont elle était capable.

Cet imbécile était en train de ruiner son unique opportunité de faire ses preuves. Le corps tremblant de colère, Azelya se savait sur le point de fondre en larmes de frustration.

— J'imagine bien, que vous me sommez, répondit-il en reboutonnant correctement les manches de sa chemise. Au nom de la toute puissante Guilde de Protection, ajouta-t-il, moqueur.

— Votre nom ! insista-t-elle.

Elle sursauta quand il s'approcha brusquement d'elle, une main tendue devant lui. Azelya la regarda fixement, craignant qu'il ne soit en train de former un sortilège offensif, mais il s'arrêta à deux pas d'elle, silencieux, emplissant complètement son espace privé.

Azelya recula d'un pas en levant enfin la tête vers lui.

— Mahel Tulhë, se présenta-t-il. De l'agence Tulhë-Findhort. Je travaille également sur cette affaire, pour le compte de Tydal Obélile.

Elle tiqua sans le vouloir.

— Un nom avec lequel vous êtes déjà familière, forcément.

Les lèvres d'Azelya restèrent obstinément closes. Hors de question de révéler ne serait-ce que l'ombre d'une information sur le dossier, même s'il s'agissait de quelque chose que ce Mahel Tulhë avait l'air de déjà savoir.

— Pour votre gouverne, reprit-il sur le même ton, mon client n'a pas l'intention de porter le chapeau pour le vôtre, tout richissime nobliau soit-il. Et moi, je compte bien faire en sorte que le véritable coupable tombe. *Votre* client, conséquemment.

Azelya souffla bruyamment par le nez.

— Je souhaite que le véritable coupable tombe, moi aussi. Mais contrairement à vous, je ne présumerai de rien tant que mon enquête ne sera pas finie.

— Vous admettez donc que votre client peut être le responsable de cette situation fâcheuse.

« Situation fâcheuse », répéta mentalement Azelya. Avait-il seulement la moindre idée de la véritable nature de l'entité qui hantait les lieux ?

— Vous me gênez, répondit-elle avec une agressivité renouvelée.

Ce privé n'allait pas tout faire rater. Elle ne le permettrait pas. Tulhë laissa échapper un petit rire.

— J'entrevois une mauvaise perdante, se moqua-t-il, ce qui l'exaspéra plus encore.

— Il ne s'agit pas de perdre ou de gagner. Des gens espèrent retrouver leur logement au plus tôt.

— Bien entendu. « Sire » De Palysse veut pouvoir exiger de nouveau ses loyers exorbitants.

Azelya cligna plusieurs fois des yeux. Cet homme était complètement bouché…

— Vous chantez en boucle la même chanson. Sire De Palysse est votre grand méchant, j'ai parfaitement compris.

— Prenez garde qu'il ne devienne pas également le vôtre.

— Écoutez, je me fiche de votre aversion pour sire De Palysse. Il y a une façon de faire les choses, des procédures à suivre. La Guilde de Protection estime…

— Ah oui, les doux protocoles de la Guilde, ironisa Tulhë. Le meilleur moyen de laisser une affaire s'embourber jusqu'à ce que personne ne puisse plus rien y faire.

Azelya l'affronta de nouveau du regard ; Tulhë ne sembla pas le moins du monde impressionné. Un sourire railleur étira ses lèvres et il inclina respectueusement la tête.

— Au plaisir de vous revoir, chère Guilde, lança-t-il, enjoué, avant de la dépasser pour se diriger vers la sortie.

— J'ai un nom ! s'offusqua-t-elle en faisant volte-face.

Tulhë se retourna, le regard moqueur.

— Pardonnez-moi, il me semblait que vous basiez toute votre identité sur votre appartenance à notre splendide Guilde de Protection ! Une fierté absolue, à n'en point douter !

Il laissa échapper un nouveau rire, probablement satisfait de sa réponse, avant de disparaître par la porte.

Azelya resta plantée au milieu de la pièce, les sourcils froncés, vexée comme jamais. Elle avait envie de hurler son nom pour qu'il résonne à travers les couloirs et que cet énergumène ne puisse plus l'ignorer.

— D'accord, respire... chuchota-t-elle après avoir retrouvé un peu de son sang-froid.

Elle avait peut-être perdu la piste de l'entité à cause de l'autre imbécile, mais avec toutes les émotions négatives qu'elle avait laissées exploser malgré elle, elle avait peut-être une chance de saisir quelque chose de nouveau.

Son esprit bouillonna encore de colère malgré elle. Avec un soupir agacé, elle s'efforça de se reprendre et se concentra pour lancer ses sortilèges. Le temps pressait. Même si elle ne voulait plus avoir à y repenser, elle ne devait pas oublier que Mahel Tulhë, un privé, travaillait aussi sur le cas. Et à présent qu'elle pouvait témoigner de ses méthodes et de son discours, elle savait qu'il se fichait bien de faire les choses proprement. Seul le résultat qu'il s'était fixé comptait : innocenter Obélile et faire tomber De Palysse.

Azelya ne pouvait le permettre. Elle voulait justice et réparation pour les victimes. Et, surtout, elle devait débarrasser au plus tôt le complexe immobilier de l'entité, ce que Tulhë ne semblait pas pressé de faire, vu sa hâte à quitter les lieux une fois son inspection brouillonne terminée.

— Il y a les mauvais et il y a les bons, commenta-t-elle à voix haute. Moi, je fais partie des bons, alors au travail !

Elle entreprit de faire un tour détaillé de la pièce pour recoller les miettes d'indices qu'avait laissées Tulhë derrière lui.

Perturbée par ce qu'elle parvint à constater, Azelya prit un moment pour réfléchir. Debout, au milieu du cercle, elle observa cette fois-ci la scène d'un regard purement théorique, sans chercher à capter la moindre magie.

Un rituel ne se réalisait pas n'importe comment. On devait respecter certains éléments, des correspondances, des étapes, des symboles. Et, surtout, certaines choses devaient rester en place pour que l'entité puisse s'ancrer aux lieux de manière durable. Tout cela permettait de minimiser au mieux la part d'imprévu qu'il subsistait toujours malgré tous les efforts, parce que personne ne pouvait prétendre contrôler complètement une entité non humaine.

Ici... Azelya ne parvenait pas à raccrocher entre elles les informations dont elle disposait.

Elle percevait la logique du rituel, au moins en partie, malgré les traces saccagées par Tulhë, et probablement d'autres avant lui, mais cela ne collait que partiellement avec ses premières conclusions.

Azelya prit quelques inspirations lentes, pour se retenir de hurler de frustration. Sur le papier, elle avait tout pour enfin faire ses preuves. Et depuis que l'enquête avait effectivement commencé, elle allait de déconvenue en déconvenue. Pendant un instant, elle s'imagina mettre ses quelques effets personnels dans un carton, là-bas, au siège de la Guilde de Protection, puis errer dans les rues de Toluah à la recherche d'un nouvel emploi.

Elle secoua la tête. Cela ne devait pas arriver. Cela ne *pouvait* pas arriver.

De nouveau déterminée, Azelya sortit un petit carnet de la poche de sa jupe et entreprit de noter tous les éléments qu'elle avait en sa possession. C'était maigre, trop maigre, mais ses professeurs savaient que des cas de figure comme celui-ci se présenteraient au cours de sa carrière : ils lui avaient transmis les connaissances nécessaires.

Azelya fut tirée de sa réflexion par une perturbation de ses sortilèges. La sensation s'estompa rapidement, mais elle était familière. Cela pouvait être un artefact — un influx magique totalement artificiel et accidentel, spontanément créé par les actions de plusieurs personnes — ou l'entité. Et l'entité, elle, pouvait aussi bien être de niveau un, presque — presque — innocente, « juste » dérangeante, ou bien se révéler un danger mortel qui pouvait trop vite s'étendre dans tout le quartier.

Les premières conclusions objectives d'Azelya penchaient pour une créature de niveau un, mais ses ressentis lui hurlaient de rester prudente. Ce qui rôdait là avait soif de sang. Et puis…

Son regard se posa sur l'autel. Les groupuscules des Terres sans lois opéraient toujours dans l'ombre pour infiltrer le royaume. Ils signaient rarement leurs méfaits et prenaient soin d'effacer leurs traces autant que possible, ce qui tendait à les rendre complètement insaisissables. Pourtant, certains éléments ne trompaient pas. L'une des bougies, dissimulée au milieu des autres, était gravée d'un symbole couramment utilisé dans les Terres sans lois et strictement banni de Dollède.

Azelya poussa un long soupir. Si elle entreprenait elle-même un rituel pour chasser une entité de niveau un et qu'il s'agissait de quelque chose de plus puissant, elle risquait d'aggraver la situation. Et si elle alertait sa hiérarchie pour rien, elle s'exposait à la perte de son emploi ou une mutation ailleurs, au milieu de nulle part, et ceci malgré l'influence de son oncle.

Elle se concentra de nouveau sur ses sortilèges, mais elle ne détecta rien de plus. Elle devait prendre une décision avec les éléments qu'elle avait actuellement en sa possession et se préparer à en assumer les conséquences, d'une façon ou d'une autre.

Malgré les quelques pièces du puzzle qui s'agençaient mal entre elles, elle devait envisager le pire. Il en allait de la sécurité globale de Toluah.

Azelya décida donc de rentrer au siège de la Guilde de Protection pour enclencher une procédure d'urgence.

S'éloigner du complexe immobilier de De Palysse permit à Azelya de s'éclaircir plus efficacement les idées. Plus les minutes passaient et plus elle était satisfaite du choix qu'elle avait fait. Elle était fière d'elle, également, d'avoir été capable d'y voir clair malgré les conditions chaotiques. Car elle avait eu raison : la meilleure des choses à faire était un signalement à sa hiérarchie pour qu'une escouade spéciale prenne le relais. Même si les indices qu'elle avait relevés se contredisaient entre eux, elle ne devait pas ignorer ses ressentis. En cas de doute, c'était ce qui primait.

Ainsi, une fois de retour au siège de la Guilde de Protection, elle se dirigea vers le bureau de Serek. Sa détermination faillit quand elle arriva juste devant la porte, le poing levé prêt à frapper pour annoncer sa présence.

Elle ferma un instant les yeux pour rassembler son courage ; la porte s'ouvrit à la volée au même moment. Azelya cligna quelques fois, prise au dépourvu.

— Êtes-vous vraiment obligée de m'imposer votre face de demeurée aussi tard, Lostrey ? s'agaça Serek.

— Je reviens du complexe immobilier de sire De Palysse, balbutia Azelya.

Elle se maudit intérieurement de ne pas être capable de mieux tenir tête à sa supérieure.

— Et ? Vous voulez une médaille ? répliqua celle-ci sèchement.

— Il faut enclencher une procédure d'urgence pour une entité de niveau quatre minimum.

L'agacement de Serek s'envola d'un coup, alors qu'elle adoptait une attitude purement professionnelle.

— Vous êtes sûre de votre coup ? demanda-t-elle les sourcils froncés.

Azelya hocha fermement la tête. Elle avait retourné le problème dans tous les sens. Le niveau de dangerosité des créatures surnaturelles pouvait monter jusqu'au septième, à partir duquel cela ne servait à rien de continuer à compter. Une entité de niveau sept pouvait à tout moment décider de raser un quartier de Toluah sans qu'il soit réellement possible de l'en empêcher...

Quant à celle qui occupait désormais le complexe immobilier de Lédone De Palysse... Oui, Azelya était sûre de son coup. Niveau quatre. Minimum.

— Vous aurez un premier rapport sur votre bureau demain matin, promit-elle. Mais j'insiste pour que la procédure d'urgence soit enclenchée dès ce soir. Des criminels des Terres sans lois pourraient être impliqués.

— Très bien. Je m'occupe de ça.

Ravie d'avoir enfin un échange satisfaisant avec Serek, Azelya resta plantée au milieu du couloir un moment, souriant largement.

— Hors de ma vue ! aboya aussitôt sa supérieure, et Azelya ne se fit pas prier pour obéir.

Le cœur battant, elle se dirigea instinctivement vers la petite cour intérieure, où elle était sûre de ne croiser personne. Une fois là, elle ferma les yeux, debout au milieu des herbes folles, et respira longuement. Quand elle regarda de nouveau autour d'elle, une demoiselle bleutée voleta un instant devant son visage, avant de retourner danser avec ses sœurs un peu plus loin.

Dans le ciel, des Oiseaux de feu passèrent en chantant. Nul doute qu'ils se rassemblaient déjà pour descendre plus au sud, au-delà des Terres sans lois. Bien qu'encore au cœur de l'été, les températures de Toluah ne leur conviendraient plus longtemps.

— Azé ? l'interpella doucement Dehana dans son dos. J'ai entendu Serek te crier dessus, tout va bien ?

Azelya se retourna le sourire aux lèvres. Tout allait bien, oui. L'escouade allait s'occuper de bannir l'entité loin des murs de Toluah, et elle, dès le lendemain, elle démêlerait le vrai du faux pour trouver définitivement le coupable. Elle rédigerait un rapport brillant et, à la suite de tout cela, Serek n'aurait pas d'autres choix que de lui confier de nouveaux cas.

— On ne peut mieux, répondit-elle donc à son amie.

Dans la pénombre, le sourire de Dehana sembla se faner un instant, mais lorsqu'elle s'avança vers elle et que la faible lueur du jour éclaira son visage, Azelya songea qu'une fois encore, elle se faisait des idées.

— C'est vrai ? Ça veut dire que ton enquête se passe bien ?

— Oui !

— Mais qu'est-ce que tu attends ? Raconte-moi ! Je veux tout savoir ! s'exclama Dehana en lui attrapant les mains pour l'attirer vers leur banc.

Azelya se laissa entraîner avec plaisir. Pour une fois, c'était elle qui avait des choses heureuses à partager avec Dehana.

— Et tu dis qu'il s'appelait comment, ce privé ? demanda celle-ci en fronçant les sourcils, alors qu'Azelya lui racontait sa découverte du site du rituel.

— Mahel Tulhë, de l'agence Tulhë-Findhort, répondit-elle en mimant l'air supérieur de Tulhë. Un sale type. Imbuvable. Suffisant. Et pas professionnel pour un sou ! Je suis sûre que…

— Attends… Tu n'avais jamais entendu parler de lui avant ? s'inquiéta Dehana.

Azelya s'interrompit devant la mine soucieuse de son amie.

— J'aurais dû ?

— Tu ne lis pas les journaux ?

— Si…

Dehana poussa un soupir, avant de sourire en haussant les épaules.

— Oh, bon. Il a été impliqué dans une sale affaire, il y a longtemps. C'était avant que tu arrives à Toluah, mais la presse aime bien ressortir son nom de temps à autre. C'est une bonne cible. Les gens sont toujours ravis de lire à son sujet, alors quand il fait des siennes, tu peux être sûre que ça finit quasiment en première page.

Azelya fronça les sourcils.

— Quelle affaire ?

Son enquête n'était pas terminée, et si elle devait encore se retrouver confrontée à Tulhë, elle devait en apprendre plus sur lui… Surtout si elle devait l'empêcher de falsifier volontairement des preuves et d'en détruire d'autres.

— Ça te parle, le cas du Mur indigo ?

— Vaguement…

Dehana pencha un instant la tête sur le côté, pensive.

— Le dossier doit être quelque part dans les archives. La Guilde de Protection s'est méchamment cassé les dents, à cause lui. Tu ferais mieux de ne pas mentionner son nom dans ton rapport si tu ne veux pas que Serek te retire le dossier…

Azelya pinça les lèvres, contrariée. Serek pouvait tout à fait prendre cette décision et personne ne pourrait rien y faire, pas même son oncle… puisqu'elle se refuserait à le contacter. Elle ne comprenait déjà pas d'où venait son initiative de lui faire confier une affaire de force. Peut-être avait-il quelqu'un à Toluah qui veillait sur elle ? L'idée n'était pas totalement farfelue, c'était bien son genre. Vouloir tout savoir et tout contrôler.

Elle regarda soudain Dehana, suspicieuse.

— Tout ce qu'on se dit, ça reste bien entre nous ?

— Évidemment ! s'offusqua son amie. Tu crois vraiment que j'irais parler de ce type à Serek, alors que je viens de te conseiller de ne pas le faire ?

Azelya s'en voulut aussitôt.

— Non, bien sûr que non !

— Parce que vraiment, jamais, jamais je ne…

— Je sais, Dehana, excuse-moi… Je suis trop stressée.

— Ça, je peux comprendre…

Elles restèrent un moment silencieuses, alors que le jour continuait de décliner. Finalement, Dehana se leva et lissa un instant les plis de sa robe avant de se tourner de nouveau vers Azelya, curieuse.

— Alors ? Qu'est-ce que tu vas faire ?

— Pour l'enquête ?

Dehana secoua la tête.

— Non, pour ton premier rapport. Tu vas parler de Tulhë ou pas ?

Azelya se mordit la lèvre. Elle n'en avait pas la moindre idée…

Dehana dut deviner son hésitation. Avec un large sourire, elle l'obligea à se lever.

— Allez, va. Fais ce qui te semble le mieux. Tu t'en sortiras très bien de toute façon ! D'accord ?

Azelya acquiesça. Elle n'avait pas le choix, elle jouait trop gros sur cette affaire. Si elle se trompait quelque part, elle devait se tenir prête à tout faire pour se rattraper, pour que le bilan soit positif quoi qu'on en dise. Parce que Serek ne pourrait pas la virer pour quelques erreurs si tout se concluait en beauté.

— Merci pour tes conseils, en tout cas, je ne sais pas ce que je ferais sans toi ! s'exclama-t-elle.

Sa joie était feinte, mais Dehana sembla n'y voir que du feu. Elles avancèrent bras dessus bras dessous à travers les couloirs, puis, alors que Dehana se dirigeait vers la sortie pour rentrer chez elle, Azelya se glissa dans son minuscule bureau pour y rédiger son premier rapport.

Assise derrière sa machine à écrire, elle fit craquer ses doigts en soufflant bruyamment. Quelque part dans les bâtiments annexes, l'escouade spéciale se préparait sans doute à intervenir. Peut-être qu'elle aurait dû rejoindre cette section de la Guilde de Protection... Avec un autre supérieur, elle aurait peut-être mieux réussi à faire ses preuves. Sauf qu'elle était moins douée pour le travail d'équipe et l'action pure et dure. De plus, si elle avait de solides connaissances théoriques qu'elle exploitait facilement et une bonne sensibilité, elle préférait fuir face à un danger trop grand. Ses compétences de combat étaient largement en dessous de la moyenne...

Perdue dans ses pensées, Azelya se tint un moment immobile, les doigts en suspens au-dessus des touches. Devait-elle parler de Tulhë et faire un rapport exhaustif ou bien suivre les conseils de Dehana ?

Si elle décidait de ne rien dire, elle devait absolument s'assurer que l'homme ne poserait aucun problème, et que la presse ne fourrerait pas son nez dans tout ça. Est-ce qu'elle pouvait se garantir elle-même que cela n'arriverait pas ?

— Bon sang, c'était censé être une affaire facile… maugréa-t-elle en se lançant finalement dans sa rédaction.

Après encore une très longue hésitation, elle passa l'identité de Tulhë sous silence, le présentant simplement comme un privé engagé par Tydal Obélile, l'un des suspects potentiels.

— Et tant pis, on verra bien… souffla-t-elle en poursuivant.

Azelya relut ses deux feuilles dûment complétées, fière d'elle. Le rapport était parfait. Il suivait toutes les normes et consignes fixées par la Guilde de Protection et reprenait tous les éléments de manière purement factuelle. Si quelqu'un devait consulter ce dossier plus tard, pour quelque raison que ce soit, il ou elle serait ravie de tomber sur un compte-rendu comme celui-ci. Et Serek allait avoir du mal à trouver quelque chose à y redire.

Un rapide coup d'œil à son horloge lui indiqua qu'il était grandement l'heure de rentrer chez elle. Après cette longue journée riche en émotions, Azelya avait besoin de se retrouver dans son cocon, à l'abri de toutes les menaces possibles.

Après avoir rendu son rapport, Azelya dénicha facilement une voiture taxi. Désireuse de se détendre un peu, elle demanda à être déposée avant d'arriver chez elle, pour finir le chemin à pied. Marcher à la fraîcheur du crépuscule lui ferait du bien.

Le Vieux Centre était aussi animé que de coutume, mais, ce soir-là, elle n'avait pas envie de s'y attarder. Le sourire narquois de Tulhë lui revint en mémoire et elle le chassa en fronçant les sourcils. Ce manque d'entrain n'avait rien à voir avec sa possible présence dans les parages. Azelya devait se concentrer sur son enquête et, pour cela, elle avait besoin de beaucoup de repos.

Elle ne fit malgré tout pas la fine bouche quand Aleyk, le vieux fleuriste installé à deux bâtiments de chez elle, lui offrit une boîte de macarons et un bouquet de roses sauvages.

— Pour vous remercier !

Azelya sourit. Elle ne l'avait pas aidé lui, particulièrement, mais il savait qu'elle travaillait à la Guilde de Protection, comme presque tout le voisinage, et ils ne manquaient jamais de la soutenir à leur façon. Azelya le leur rendait bien : elle prenait toujours le temps de répondre aux questions et de calmer les inquiétudes des uns et des autres.

— Merci ! s'exclama-t-elle en acceptant les présents, rayonnante.

Ici, elle avait de la valeur.

— C'est bientôt la fête de Lugnah ! lança joyeusement Aleyk.

— Oh, déjà ?

Lugnah, la déesse du soleil et des moissons, était célébrée quand l'été commençait à décliner. Azelya n'aimait pas cette fête : elle sonnait la fin de sa saison préférée. Néanmoins, les festivités valaient toujours le détour.

— Est-ce que vous allez participer aux préparatifs ? demanda-t-elle.

— Comme chaque année, oui ! s'enthousiasma Aleyk. Et vous ? Vous aurez le temps ?

Azelya sourit.

— Pour être honnête, j'espère que non.

— Et pourtant, ça signifierait que les choses se calment un peu, à Toluah. Ça ne ferait de mal à personne.

Ils échangèrent encore quelques minutes, poliment, puis Azelya prit congé.

Aleyk avait raison : Toluah avait bien besoin d'une pause et, en même temps, tout le monde savait que cela n'arriverait pas avant longtemps. Le Roi avait toujours été très clair sur ce point, comme sa mère l'avait été avant lui : il n'avait aucune intention d'intervenir dans les Terres sans lois pour arranger la situation. Trop occupée à étendre ses frontières au nord et à l'est, la famille royale n'avait pas assez de ressources militaires et financières pour combattre efficacement les menaces surnaturelles au sud.

En un sens, cela faisait partie du charme de Toluah : les dangers y étaient plus nombreux qu'ailleurs, mais, si loin du cœur du royaume, chacun avait une chance de devenir ce qu'il voulait, peu importe sa naissance. C'était aussi pour cela qu'Azelya était venue là. Pour s'épanouir sans l'influence de sa famille.

— Et pourtant… songea-t-elle en contemplant le bouquet de fleurs.

Pourtant, quelqu'un ici semblait donner des renseignements à son oncle.

Chapitre 6

L e lendemain matin, Azelya se réveilla d'une humeur radieuse, tirée de son sommeil par les premiers rayons du soleil, à l'aube. Elle avait aussitôt ouvert la fenêtre de sa chambre. Dehors, les martinets qui nichaient quelque part sous son toit s'en donnaient à cœur joie.

Azelya prépara une tisane en chantonnant. La nuit l'avait aidée à y voir plus clair et, désormais, elle était totalement sûre d'avoir fait tout ce qu'il fallait, comme il le fallait. Elle se sentait encore soucieuse des dégâts que pouvait occasionner l'entité si elle n'était pas maîtrisée et bannie rapidement, mais, en réalité, cette inquiétude n'avait pas lieu d'être. L'escouade avait dû finir son intervention depuis quelques heures déjà, ou être en passe de l'achever.

Pour sa part, Azelya s'était levée en sachant exactement ce qu'elle ferait pour poursuivre l'enquête : aller interroger Tydal Obélile. Juste avant de s'endormir, elle avait réfléchi à des solutions pour l'éviter, cherchant surtout à éviter de revoir Tulhë, mais, à présent, elle avait l'esprit clair et n'avait plus peur de quoi que ce soit. Si Obélile était coupable et entretenait bien des liens avec les Terres sans lois, il devait être jugé et condamné. Azelya ne le laisserait pas s'en tirer en payant les services d'un privé aux valeurs douteuses.

D'autant plus que, jusque-là, ce qu'elle avait constaté sur le terrain collait avec le témoignage de De Palysse. Cela venait appuyer ses accusations, auxquelles elle était désormais prête à donner une attention extrême.

Toujours fredonnante, Azelya descendit dans la rue et décida de marcher jusqu'au siège de la Guilde de Protection pour récupérer quelques informations avant d'interroger Obélile. Il était encore tôt, elle avait largement le temps. Bien sûr, malgré sa bonne humeur, elle ne perdait pas de vue que l'affaire sur laquelle elle travaillait était grave et dangereuse, et elle savait que la journée serait longue. Cette promenade matinale lui permettrait de l'affronter avec plus d'énergie et d'efficacité.

— Azelya !

Elle se retourna et haussa les sourcils de surprise en apercevant Bruenne qui courait vers elle pour la rattraper. Elle s'appuya un instant sur ses genoux pour reprendre son souffle, avant de lui adresser un sourire timide.

— Je ne savais pas que tu passais par là pour venir ! s'exclama-t-elle ensuite.

— Tu habites dans le coin ?

Bruenne acquiesça, avant de désigner une rue lointaine d'un vague geste de la main.

— Près du Vieux Centre, oui. Toi aussi ?

— *Dans* le Vieux Centre, même.

Elles recommencèrent à avancer sans avoir besoin de se concerter et Azelya observa Bruenne du coin de l'œil. Elles ne s'étaient jamais retrouvées juste toutes les deux : Bruenne était surtout amie avec Dehana, on les voyait rarement l'une sans l'autre. Et même si Azelya était également proche de Dehana, Bruenne et elle ne s'étaient pas pour autant liées. Le courant n'était pas aussi bien passé, tout de suite, comme avec Dehana. Et en même temps… Dehana avait le contact facile et rayonnait sans cesse. C'était uniquement grâce à ça qu'Azelya et elle étaient si vite devenues amies.

Perdue dans ses pensées, Azelya entendit Bruenne lui parler, mais la question mit un moment à atteindre son cerveau.

— Tu avances comme tu veux sur ton cas de hantise ?

Azelya se retint d'afficher un air trop satisfait.

— Honnêtement, oui, plutôt bien, je crois.

Bruenne acquiesça, de nouveau souriante.

— Moi aussi, je suis diplômée en Sciences occultes. Je n'ai pas fait mes études à la capitale, mais si jamais tu as besoin d'un autre avis…

— C'est gentil de proposer.

C'était adorable, même, en vérité, et Azelya était si peu habituée à ce qu'on lui montre de la sympathie qu'elle eut envie de serrer Bruenne dans ses bras. Malgré tout, elle devait absolument s'en sortir seule. Le succès de cette première affaire devait être de son fait, et uniquement du sien. Sinon, Serek ne se gênerait pas pour lui en enlever tout le mérite sans chercher à faire dans la nuance.

— Merci, Bruenne, déclara-t-elle juste avant d'arriver au siège de la Guilde. Mais je vais essayer de m'en tirer seule. Je dois faire mes preuves.

Bruenne acquiesça.

— Bien entendu, oui. Fais comme tu le sens.

Elle s'efforça de sourire, mais il était évident que la réponse l'avait contrariée. Azelya se retint de pousser un long soupir. Elle n'avait pas eu l'intention de la blesser, mais c'était l'unique chance qu'on avait bien voulu lui accorder depuis son arrivée. Elle ne pouvait pas risquer de la gâcher.

À l'intérieur, on commençait à peine à s'activer dans les bureaux et beaucoup de ses collègues étaient encore absents. Le responsable de l'accueil, lui, était bel et bien là.

— Serek veut te voir tout de suite, lança-t-il sans prendre la peine de la saluer d'abord. Je serais toi, je ferais vite.

— Elle avait l'air comment… ?

Son collègue haussa une épaule.

— Comme d'habitude, je dirais. Pourquoi ?

— Pour rien, se dépêcha-t-elle de répondre.

Elle était persuadée que tout le monde savait que Serek lui menait la vie dure, mais peut-être que ce n'était pas le cas, finalement…

— Eh bien… Bon courage, lui souffla Bruenne, avant de s'éclipser de son côté.

En temps normal, Azelya se serait rendue au bureau de Serek à reculons… mais ce matin-là, elle n'avait rien à craindre. Serek la convoquait certainement pour lui remettre le rapport de l'escouade spéciale, et ça tombait bien : c'était exactement ce qu'elle était venue chercher. Leurs conclusions allaient lui permettre d'interroger Obélile plus efficacement et, surtout, d'éviter qu'il s'en sorte facilement grâce aux éventuels conseils de Tulhë.

— Ah... Lostrey... Je vous attendais, lança Serek quand Azelya la rejoignit dans son bureau.

Au son de sa voix, Azelya comprit tout de suite que quelque chose n'allait pas. Les battements de son cœur s'accélérèrent brutalement.

— J'ai pris connaissance de votre rapport dans la nuit.

— Dans la nuit ?

Serek lui adressa un sourire glacial.

— Oui, dans la nuit. Après avoir reçu celui de l'escouade spéciale que vous avez tenu à mobiliser de toute urgence. J'avais besoin de *comparer* certains éléments.

Azelya sentit son corps s'engourdir.

— Voulez-vous lire leur rapport, Lostrey ?

— Si le mien n'était pas assez complet ou mal rédigé, je vous présente...

— Lisez leur rapport ! hurla soudain Serek.

Les mains tremblantes, Azelya se saisit du dossier qui se trouvait devant Serek. Sur la page de garde, son regard accrocha aussitôt la catégorisation de l'entité. Niveau un.

Elle releva la tête, perdue.

— Niveau un... ?

— Bon, s'agaça Serek en se levant, clairement à bout de patience. Je vais vous aider un peu.

Elle arracha le dossier des mains d'Azelya.

— « En conclusion, l'entité de niveau un bannie par notre service ne représentait aucune urgence, et l'inspectrice Azelya Lostrey aurait dû être capable de s'en occuper elle-même. Il nous semble pressant de lui rappeler les procédures adéquates et, peut-être, de s'assurer qu'elle possède bien les compétences nécessaires pour se voir confier de telles affaires. Son inaptitude à faire la distinction entre une entité de niveau un et une de niveau quatre nous interroge et nous inquiète. »

Dans l'esprit d'Azelya, tout s'emmêlait. La conclusion de l'escouade la blessait, mais, surtout, elle ne comprenait pas. Elle n'avait pas pu se tromper à ce point. Elle savait ce qu'elle avait ressenti… Avait-elle pu confondre une entité dangereuse avec un artefact ? Ou bien cela venait-il en réalité de Tulhë ? Les avertissements de Dehana lui revinrent en mémoire et elle se maudit. Elle s'était fait manipuler comme une débutante… qu'elle était, mais qu'on ne l'autoriserait pas à être.

— Ce rapport, poursuivit Serek en agitant le dossier sous son nez, me confirme ma première impression. Vous n'avez rien à faire là. Vous ne méritez rien, alors arrêtez de marcher dans les couloirs comme si vous faisiez partie de l'élite. Vous ne savez rien, vous ne valez rien.

Trop occupée à essayer de démêler ses idées, Azelya ne réagit pas tout de suite.

— Je suis désolée, murmura-t-elle, le regard rivé sur le sol.

— Et moi donc ! l'agressa Serek. D'autant plus que je suis obligée de vous laisser mener cette affaire jusqu'au bout. Votre oncle l'ordonne, malgré tout le foutoir que vous avez créé !

L'humeur d'Azelya plongea encore plus. Les sentiments contradictoires qu'elle éprouvait actuellement envers son oncle se heurtaient les uns aux autres. Au prix d'un immense effort, elle parvint à ravaler ses larmes.

— Je m'y mets tout de suite… Je ferai mieux. Je peux apprendre de mes erreurs.

— Les erreurs ne sont pas permises, dans ce métier. Personne ne vous l'a expliqué, à l'Académie *royale* ?

Azelya acquiesça. On lui avait expliqué, bien sûr, mais ses professeurs lui avaient aussi enseigné que les personnes qui ne se trompaient jamais n'existaient pas.

— Hors de ma vue ! beugla Serek.

Azelya ne se le fit pas dire deux fois. Elle fila de la pièce pour aller s'enfermer directement dans son bureau.

Quelqu'un donna quelques coups discrets à la porte alors qu'Azelya se préparait enfin à quitter les lieux. Elle venait de passer plus d'une heure à retourner le problème dans tous les sens et à consulter les quelques ouvrages qu'elle conservait précieusement, sans réussir à mettre le doigt sur ce qui avait cloché.

Ou plutôt, si : elle avait pris la mauvaise décision en accordant plus d'importance à son ressenti qu'à la logique de ses observations. Et pourtant, elle était tellement sûre d'elle…

— Azé ? lança Dehana en passant timidement la tête par l'entrebâillement. Ah, tu es toujours là !

Quand elle ouvrit plus largement la porte, Azelya aperçut Bruenne. Elle avait dû prévenir Dehana.

— Tu vas bien, constata Dehana, les sourcils froncés.

Oui, Azelya allait bien : elle n'avait pas l'intention d'en rester là. Elle ne pouvait pas se le permettre. Elle devait comprendre ce qu'il s'était passé. Obélile, Tulhë ou les criminels des Terres sans lois… Les véritables coupables allaient payer.

— Je vais bien, mais je dois aller interroger quelqu'un.

— Tu es toujours sur l'affaire De Palysse ? s'étonna Dehana.

Azelya se mordit brièvement la lèvre, avant d'avouer dans un chuchotement :

— Apparemment, mon oncle a insisté pour que Serek ne me retire pas le dossier.

Elle ne parvint pas à déchiffrer la moue que fit Dehana avant de répondre :

— Oh, d'accord. Du coup, oui, forcément, ça va. Je m'attendais à te trouver au plus bas, quand Bruenne m'a dit que Serek t'avait convoquée de toute urgence, c'est pour ça que je me suis dépêchée de venir te voir.

Une vague de culpabilité lui serra le ventre, sans qu'elle comprenne bien pourquoi, puis Azelya se força à sourire en sortant dans le couloir. Elle se tourna ensuite vers Bruenne et Dehana.

— Merci, les filles. Sans votre soutien, je crois que je n'y arriverais pas !

Elles sourirent en retour, mais ne répondirent rien. Il y eut un silence un peu trop long, puis Azelya se ressaisit.

— J'y vais. Je veux comprendre ce qu'il s'est passé.

— Tu t'es trompée, Azé, c'est ça qu'il s'est passé, déclara Dehana.

Azelya se figea. Dans le dos de Dehana, Bruenne observait la pointe de ses bottines sans rien dire.

— Il n'y a pas de mal à ça, tu sais ? poursuivit Dehana. En revanche, faire comme si le problème ne venait pas de toi, ça, c'est mal. Tu te voiles la face, tu te mets en danger, et puis tu mets les autres en danger. Pas vrai, Bruenne ?

Bruenne acquiesça timidement. Azelya s'efforça de refouler ses larmes. Prendre un savon presque quotidien de la part de Serek pendant des mois l'avait usée, mais elle avait tenu bon. Là, en quelques mots, son amie venait de la briser. Dehana ne la soutenait pas, elle ne lui laissait pas le bénéfice du doute et elle ne s'interrogeait pas avec elle sur ce qui l'avait induite en erreur — si erreur il y avait bel et bien eu.

— C'est pour ton bien que je dis ça, Azé. Ressaisis-toi, enfin ! On s'en fiche que ton oncle ait insisté pour que tu gardes le dossier. Tu ne vas quand même pas te rabaisser à continuer ! Tu t'es assez humiliée comme ça !

« *Réponds quelque chose* », se rabâcha Azelya en boucle, alors que Dehana poursuivait son sermon. « *Explique-lui. Elle n'a pas le droit de te parler comme ça. Elle est censée te soutenir…* »

— Alors ? demanda Dehana, les poings sur les hanches.

— Alors ? répéta Azelya sans comprendre.

Elle n'avait pas écouté la fin. Son esprit s'y était refusé. Dehana fronça les sourcils.

— Tu vas continuer, c'est ça ?

Azelya ne savait pas quoi répondre ni comment se comporter. Elle était perdue et ne voyait pas où se trouvait la prétendue bienveillance de Dehana : le ton de cette dernière n'avait plus rien d'amical. Elle n'osait même plus la regarder dans les yeux, ni elle ni Bruenne.

— Oui, reconnut-elle finalement. Je veux comprendre ce qu'il s'est passé.

— Tu t'es trompée, répéta Dehana.

Azelya se mordit la lèvre. Elles se tenaient toutes les trois au milieu du couloir et un attroupement se formait déjà à quelques pas d'elles. On les observait en chuchotant et, une fois de plus, Azelya se sentit jugée et méprisée.

— Nous verrons bien, parvint-elle enfin à articuler, avant de s'éloigner vers la sortie.

Oui, tout le monde verrait. Soit elle s'était trompée et c'était la fin de sa carrière, soit l'escouade spéciale s'était trompée, et tout le monde lui devrait alors des excuses.

Plusieurs minutes s'écoulèrent, durant lesquelles Azelya marcha à vive allure à travers les rues de Toluah. Petit à petit, elle retrouva ses esprits et réalisa ce qu'il venait de se passer. Alors qu'elle comptait juste aller au bout de l'enquête discrètement et humblement, pour au moins finir sur une touche positive, Dehana venait de la pousser à affirmer devant plusieurs collègues que ce n'était peut-être pas elle qui avait commis une erreur. De quoi se mettre encore plus de monde à dos.

« C'est parfait, vraiment… »

Et, en même temps… Est-ce que, au fond, ce n'était pas l'idée qu'elle avait en tête ? Après tout, ce qu'elle avait senti n'était pas une simple entité de niveau un… C'était bien plus dangereux que ça.

Il n'empêchait qu'en attendant, elle aurait préféré pouvoir faire profil bas. Et à cause de Dehana...

Qu'est-ce qu'il lui avait pris, d'ailleurs ? Son amie était censée la soutenir, pas l'enfoncer... Ou alors, est-ce qu'Azelya se voilait réellement la face par fierté ? Bruenne avait semblé du même avis que Dehana. Juste après lui avoir proposé son aide, c'était quelque peu hypocrite de se ranger du côté de celle qui avait l'air d'avoir raison...

Une fois dans le cœur de Toluah, Azelya héla une voiture taxi et demanda à être conduite au complexe immobilier de De Palysse. Maintenant que les lieux étaient sains, Obélile devait s'y trouver pour tout remettre en ordre avant le retour des locataires.

Sur la route, elle continua de réfléchir au problème. Elle en arriva à l'amère conclusion qu'il ne lui restait qu'une seule chose à faire pour enfin vivre la vie dont elle rêvait : mettre un point final à cette affaire et essayer de se faire muter dans une nouvelle cité, où elle serait à peu près assurée que personne n'a jamais entendu parler d'elle...

Elle sourit sombrement. Une Lostrey qui se plante en beauté et qui fuit à l'autre bout du pays pour ne pas avoir à l'assumer, l'histoire serait beaucoup trop croustillante pour ne pas faire le tour de la Guilde en un rien de temps. Ce qu'il lui restait en réalité à faire, c'était d'aller s'enfermer dans une grotte des Monts Pourpres ou changer complètement de métier et de nom.

Un long soupir souleva sa poitrine. Chaque chose en son temps. D'abord, interroger Obélile. En espérant que Tulhë ne se trouve pas dans les parages...

La voiture taxi s'arrêta alors qu'ils étaient encore à quelques minutes du complexe immobilier.

— Désolé, m'dame, mais j'm'approcherai pas plus. C'est hanté là-bas.

Azelya haussa les sourcils, surprise que les ragots aient un tel train de retard. En général, quand la Guilde intervenait, le mot passait rapidement.

— Les lieux ont été nettoyés dans la nuit, répondit-elle avec un sourire bienveillant. Il n'y a plus rien à craindre.

— C'est pas c'qu'on raconte ce matin en ville.

Elle n'insista pas : l'homme affichait l'air buté des personnes qu'on ne peut faire changer d'avis qu'au prix d'un lourd entêtement, et elle n'avait ni le temps ni l'énergie.

— Très bien.

— Faites attention à vous. La Guilde a pas réussi à se débarrasser de ce truc cette nuit, alors essayez pas de vous y frotter.

Azelya le remercia d'un signe de tête, avant de descendre. Soucieuse, elle observa la haute tour centrale.

Tout semblait calme, de loin, mais Azelya se dirigea vers le complexe d'un pas vif, déjà sur ses gardes. Tenant les pans de sa jupe à deux mains, elle fit de son mieux pour ne pas trébucher, alors que ses bottines claquaient sur le pavé en rythme. Le conducteur de la voiture taxi n'était sans doute pas le seul à redouter les lieux : elle ne croisa pas âme qui vive. Azelya nota mentalement de le mentionner dans son prochain rapport. Il devait y avoir des témoins de quelque chose à interroger quelque part et il lui faudrait les trouver. Peut-être qu'elle tenait une chance de prouver que c'était l'escouade spéciale qui s'était trompée. Pas elle.

Quand elle fut suffisamment proche, elle entendit un immense vacarme, venant cette fois encore de la tour centrale.

Sans hésiter, le souffle court, elle s'y précipita dans l'idée d'intervenir pour y mettre fin. Elle pénétra à l'intérieur du bâtiment et se plaqua aussitôt contre un mur éviter d'être percutée par une lourde commode en bois.

Celle-ci vola en éclats en frappant le mur voisin ; certains se fichèrent dans le bras d'Azelya, alors qu'elle se protégeait comme elle pouvait.

Des coups sourds résonnaient dans tout le hall et, malgré la peur qui lui serrait le ventre, Azelya fit quelques pas de côté pour mieux voir la scène. Le rez-de-chaussée était complètement ravagé. L'air était glacial. Elle souffla doucement et un nuage de fumée blanche s'éleva devant elle.

Plus loin, l'entité continuait de se déchaîner et Tulhë se tenait bravement devant un autre homme pour le protéger. Au milieu de toute cette agitation, Azelya lança ses propres sortilèges. Elle laissa échapper une exclamation de surprise quand elle fut frappée par tous les influx magiques présents. Rien n'allait. Un nouveau meuble fonça vers elle, alors qu'une explosion retentissait quelque part au-dessus de leur tête. Elle fit un bond sur le côté.

— Par ici ! cria Tulhë, en l'invitant à les rejoindre d'un signe de la main.

Malgré sa répugnance à se rapprocher de lui, Azelya ne se fit pas prier. Dans un cas comme celui-ci, il fallait d'abord penser à se préserver.

Elle courut vers eux, mais un fauteuil s'écrasa juste devant elle et elle fut contrainte de s'accroupir derrière l'une des hautes colonnes qui soutenaient le plafond. Elle entendit Tulhë jurer et leur jeta un coup d'œil prudent. Une vitre venait de voler en éclat dans leur dos ; les morceaux de verre jonchaient le sol. Ils devaient vite mettre fin à tout ceci. L'endroit devenait bien trop dangereux pour eux.

Azelya leva une main devant elle pour lancer de nouveaux sortilèges, espérant ainsi isoler la source de tout cela. Tout en priant les Dieux que Tulhë la couvre, elle ferma les yeux pour mieux se concentrer. Après quelques secondes, elle parvint à détecter la présence qui l'avait alertée la veille, mais elle s'évanouit au même moment, l'empêchant de l'analyser plus en détail.

Tout s'arrêta à cet instant. Azelya rouvrit les yeux, secouée, et scruta le désastre.

À quelques pas de là, l'homme inconnu s'avança enfin. Pâle comme un mort, il sortit un mouchoir de sa poche pour se tamponner le front.

— Grands Dieux… bégaya-t-il. C'était… Je ne…

La respiration saccadée, il contempla les dégâts tout autour de lui, l'air hagard.

— Je croyais que la Guilde de Protection avait nettoyé les lieux ? demanda-t-il d'une voix blanche.

Son regard alla de Tulhë à Azelya. Le privé aussi lui jeta un coup d'œil, les sourcils haussés, comme pour la mettre au défi de répondre.

— Je…

Comment répondre, en effet ? Elle ne pouvait pas avouer que l'escouade spéciale semblait en effet être passée à côté du problème…

— Je suis justement là pour comprendre de quoi il retourne, affirma-t-elle finalement.

Dans le dos de l'homme, Tulhë fit une moue appréciative en hochant quelques fois la tête.

— Jolie pirouette, commenta-t-il. Dites plutôt que la Guilde s'est complètement plantée. Comme souvent. Et pendant ce temps, les dommages se poursuivent.

Azelya n'avait plus de force pour une nouvelle confrontation.

— Je n'ai pas de temps à perdre avec vous, répondit-elle sèchement. Je suis venue m'entretenir avec Tydal Obélile.

— Et bien, me voilà, je suppose, intervint l'autre homme.

Surprise, Azelya le dévisagea grossièrement. Il ne ressemblait en rien à ce qu'elle s'était imaginé, même vaguement, même de loin. Cet homme n'avait pas l'allure de quelqu'un qui fréquentait les milieux criminels des Terres sans lois.

— Peut-être pouvons-nous nous rendre dans votre bureau ? proposa-t-elle.

Il secoua la tête.

— Si nous pouvions plutôt nous éloigner d'ici... gémit-il en retournant son mouchoir dans tous les sens. Si cette chose s'énerve encore...

— Ce serait plus prudent, en effet, remarqua Tulhë.

Sans lui laisser le temps de répondre, ils prirent tous les deux la direction de la sortie. Agacée, elle souleva sa jupe et leur emboîta le pas en évitant maladroitement tous les débris.

Une fois en dehors de la propriété, elle attendit patiemment que Tulhë s'éloigne, mais celui-ci n'y semblait pas décidé.

— Je souhaite m'entretenir avec monsieur Obélile en privé, précisa-t-elle en s'efforçant de paraître la plus professionnelle possible.

Obélile ne devait surtout pas se rendre compte de son aversion pour Tulhë.

— Je préfère rester, déclara celui-ci. Je veux savoir ce que vous direz à mon client.

— Vous êtes avocat aussi, maintenant ?

Il haussa les sourcils.

— Absolument pas.

— Alors dans ce cas, ouste, ordonna-t-elle sèchement. La Guilde de Protection…

Tulhë leva les yeux au ciel.

— Nous y voilà, soupira-t-il. Je vous retrouve dans un instant, Tydal.

— Bien sûr, répondit le concerné.

Il se tourna ensuite vers Azelya, la mine inquiète, alors que Tulhë s'éloignait enfin.

— Je suis dans le pétrin, hein ? À cause des histoires de sire De Palysse… Si seulement… Si seulement il n'en avait pas fait qu'à sa tête ! s'exclama-t-il, soudain en colère.

Azelya regarda Tulhë d'un œil mauvais. Tant pis pour le professionnalisme, elle ne pouvait pas l'encadrer et, surtout, elle n'oubliait pas que Dehana lui avait conseillé de se méfier de lui.

« Elle t'a surtout fait une scène devant tout le monde », lui rappela sa petite voix intérieure. Elle pinça les lèvres. Dehana avait peut-être ses raisons. Azelya réglerait tout cela plus tard. Pour le moment, elle avait d'autres chats à fouetter, à commencer par Tydal Obélile.

Le coup de sang de l'homme était passé aussi vite qu'il était venu et, à présent, il se balançait nerveusement d'avant en arrière.

— Si vous avez engagé Mahel Tulhë pour enquêter pour vous, je suppose que votre version diffère de celle de sire De Palysse ?

Il acquiesça plusieurs fois la tête.

— Tout à fait, répondit-il sans oser la regarder dans les yeux. Je sais qu'il essaie de rejeter la faute sur moi. Il raconte des choses horribles sur mon compte. D'accord, je ne suis pas aussi efficace qu'il pourrait le souhaiter, mais tout de même…

Obélile fourra finalement son mouchoir dans sa poche.

— Fréquenter des criminels… lâcha-t-il avec un petit rire. Ma propre ombre me fait sursauter une fois sur deux.

— Et pourtant, sire De Palysse vous tient sérieusement pour responsable.

— Naturellement… Il faut bien qu'il blâme quelqu'un d'autre que lui.

Azelya songea au discours que lui avait servi Mahel Tulhë. Forcément, ils étaient tous les deux raccords…

— J'ai surpris sire De Palysse en train de raconter de quelle façon il comptait me faire porter le chapeau, poursuivit Obélile. Je n'avais pas l'intention d'écouter aux portes ! se justifia-t-il rapidement. Mais nous devions discuter ensemble des solutions à apporter pour régler le problème, puisque le premier privé que j'ai engagé avait échoué…

— Pas Mahel Tulhë, donc.

Nouveau hochement de tête négatif.

— Et donc ? l'encouragea-t-elle alors qu'il hésitait de nouveau.

— Et donc je n'ai rien à voir dans cette histoire ! Sire De Palysse, en revanche…

Obélile se tourna vers Tulhë comme pour chercher son regard. De là où il se trouvait, celui-ci sembla comprendre ce qu'il demandait. Il acquiesça avec un sourire confiant. Obélile poussa un long soupir.

— Sire De Palysse est passionné de Sciences occultes. Comme beaucoup de nobles, vous me direz… Le problème, c'est qu'ils pensent s'y connaître et se lancent dans des expérimentations hasardeuses… Ces bals obscurs…

Sur ce point, Azelya pouvait difficilement le contredire. Ce n'était pas exagéré d'affirmer qu'à la capitale, un tiers des interventions de la Guilde aurait pu être évité si la noblesse ne passait pas son temps à jouer avec le feu. Et elle se le permettait justement parce que la Guilde rattrapait tous les dérapages…

Azelya savait déjà que De Palysse ne dérogeait pas à la règle : elle en avait détecté les traces dans son bureau. Rien de très méchant, cependant, d'après ce qu'elle avait pu constater elle-même.

Les fameux bals obscurs, en revanche, très en vogue depuis une dizaine d'années, provoquaient les pires incidents. Si De Palysse était un habitué de ce genre de réjouissances…

— Vous pensez que sire De Palysse a attiré l'entité lui-même ?

— Je ne veux pas l'accuser sans preuve, se dépêcha de la contredire Obélile. C'est mon employeur. Si je perds mon travail, je n'ai plus rien. Mais ce n'est pas moi le responsable. Et si ce n'est pas moi, alors c'est quelqu'un d'autre, et sire De Palysse…

Obélile ressortit son mouchoir pour s'éponger de nouveau le front. Azelya l'observa longuement. Cette version des faits était cohérente, tout autant que celle qui l'accusait de comploter avec les groupuscules des Terres sans lois. Et elle avait des preuves de la présence de ces derniers dans l'un des bâtiments…

Elle décida d'opter pour une approche directe.

— Vous n'avez donc jamais fréquenté de milieux criminels ?

— Grands Dieux, non ! Enfin…

Il afficha un sourire coupable.

— Je joue, parfois. Souvent. Et il m'arrive de m'endetter, mais je me débrouille toujours comme je peux pour ne pas laisser traîner !

Azelya se retint de soupirer. Si son plus horrible secret était un penchant pour les paris et les jeux d'argent…

— Bien. Je vous remercie pour votre temps, monsieur Obélile. Je reprendrai contact si j'estime cela nécessaire. Et en attendant que le problème soit définitivement réglé, je pense qu'il est sage de ne pas revenir sur les lieux.

— Bien sûr, oui. Mahel me l'a déjà répété plusieurs fois. Il se doutait bien que la Guilde n'allait pas réussir à résoudre notre souci dans la nuit…

Azelya sentit son sang bouillir. Tulhë n'en ratait vraiment pas une…

« *En même temps, il n'a pas tort pour le coup…* »

Un doute envahit soudain Azelya. Est-ce que l'escouade aurait pris les choses plus sérieusement, si le signalement était venu de quelqu'un d'autre ?

— Satisfaite ?

Azelya sursauta. Perdue dans ses pensées, elle n'avait pas vu Tulhë s'approcher pendant qu'Obélile s'éloignait d'un pas pressé.

— Oui, répondit-elle sèchement. Cet entretien était très instructif.

Elle bluffait complètement, mais refusait qu'il s'imagine avoir l'avantage dans cette affaire.

— Vraiment ? insista-t-il. S'il vous a suffi d'un échange pour comprendre que De Palysse est le véritable coupable, je vous dois des excuses. Vous êtes moins sotte que je ne le pensais.

— Vous êtes un rustre, riposta-t-elle. Et je n'ai rien à vous prouver, gardez vos réflexions pour vous.

Elle soutint son regard un certain temps, avant de détourner les yeux. Les poings serrés, elle chercha une réplique cinglante.

— De Palysse a été négligeant, insista Tulhë. C'est à cause de lui que ces terroristes ont pu implanter une entité ici.

Azelya se mordit la lèvre. Alors comme ça, Tulhë en était arrivé aux mêmes conclusions qu'elle ?

À la différence près, toutefois, qu'elle ne savait qui d'Obélile ou De Palysse était le véritable complice. Y avait-il seulement un complice, d'ailleurs ?

— Allez-vous retourner là-bas ? demanda Tulhë.

— Oui.

Azelya lui tourna aussitôt le dos. Quand elle l'entendit la suivre, elle fit brusquement volte-face.

— Je vous interdis de venir avec moi !

— Je ne viens pas avec vous, la contredit-il, de nouveau narquois. Je me rends au même endroit.

— Vous n'avez rien à faire là-bas ! Vous et vos pratiques douteuses, vous ne…

— Mes pratiques douteuses ? la coupa-t-il, apparemment piqué au vif. À quelles pratiques pensez-vous, au juste ? Et en quoi sont-elles moins bonnes que celles de la Guilde ?

— Vous savez très bien pourquoi, répliqua-t-elle, butée.

Tulhë ricana.

— Vous, en revanche, vous n'en avez aucune idée. Vous parlez beaucoup, avec vos beaux principes, mais vous êtes complètement inutile. Vous devriez avoir honte de retourner là-bas, après votre échec cuisant de cette nuit…

— Je n'étais pas là cette nuit.

— Encore pire.

Ils se toisèrent un moment, puis il leva les yeux au ciel en fourrant les mains dans ses poches.

— En même temps, qu'est-ce qu'on pouvait attendre de plus ? soupira-t-il. Ce n'est pas comme si vous aviez mérité votre poste.

« Sérieusement ? Lui aussi ? »

Tulhë dut se rendre compte qu'il avait fait mouche. Il poursuivit :

— Le piston existe depuis la nuit des temps. C'est vrai, après tout, pourquoi les gens ne jouiraient-ils pas de leurs relations ? Et pourquoi ne pas en faire profiter ses proches également ! C'est lâche, sournois, égoïste, mais, ma foi…

— Je n'ai pas été pistonnée ! protesta-t-elle. Je suis diplômée de l'Académie…

— Ça aussi, piston, affirma-t-il.

— Vous ne…

— D'ailleurs, tout le monde le sait. Si vous aviez entendu l'escouade spéciale se plaindre d'avoir été dérangée pour rien par une pistonnée gâtée et imbue d'elle-même.

— Vous inventez, l'accusa-t-elle, les larmes aux yeux.

Tulhë haussa les épaules, insensible.

— Pas vraiment, non. Je n'ai pas quitté les lieux de la nuit pour traquer l'entité. Après, ne vous flagellez pas trop. Finalement, les membres de l'escouade n'ont pas été pistonnés et ce sont de parfaits incapables aussi.

Azelya l'observa longuement, tremblante, essayant de rassembler ses esprits.

— Eh bien ? Vous ne trouvez rien à répondre ?

— Je vais innocenter De Palysse, déclara-t-elle sur un ton de défi.

Tulhë ricana encore.

— Forcément. Entre nobles, on se serre les coudes, pas vrai ? Peu importe la justice, la solidarité est de mise pour couvrir les erreurs des uns et des autres.

— Je me fiche que De Palysse soit noble. C'est la vérité qui m'intéresse. Je ne laisse pas mes avis politiques obscurcir mon jugement, moi ! Pas comme vous ! Vous manipulez les faits et vous jouez avec les preuves comme ça vous arrange, dans votre petite guéguerre contre la noblesse !

Ce fut au tour de Tulhë de froncer les sourcils. Les mâchoires crispées, il la fusilla du regard.

— Que le meilleur gagne, se contenta-t-il de répondre, avant de se diriger vers le complexe immobilier.

Une fois qu'ils furent tous deux de nouveau sur place, Azelya suivit Tulhë de loin, puis elle évita avec soin de le croiser pendant leurs investigations réciproques. Malheureusement, ils traquaient la même créature : ils se rencontrèrent à de multiples reprises, alors qu'Azelya avait le sentiment de jouer au chat et à la souris avec l'entité. Et ce n'était pas elle le prédateur...

Les choses devinrent encore plus inquiétantes quand Tulhë quitta enfin les lieux. Azelya se retrouva seule dans cet immense complexe, usant de tous ses sortilèges pour percevoir l'entité qui continua de la mener par le bout du nez à travers tous les bâtiments.

Au bout d'un moment, épuisée, Azelya décida qu'elle devait se montrer plus prudente. Elle commençait à comprendre pourquoi l'escouade n'avait rien remarqué. L'entité était maligne. *« Minimum niveau quatre, j'avais raison... »*

Le doute n'était plus permis. Même si ce qu'elle avait senti était si mince qu'elle se demandait chaque fois si elle ne l'avait pas rêvé, elle avait la certitude que cette créature était bien là. Et elle avait eu suffisamment de temps pour discerner l'influx magique de Tulhë de celui de l'entité : il n'avait rien à voir avec cela.

Avec cette nouvelle certitude en tête, Azelya avait fui les lieux en courant. C'était une bonne chose que le voisinage ait décidé d'en faire autant. Cela limiterait le risque de pertes humaines...

Assise dans une voiture taxi, Azelya essaya de préparer un argumentaire solide pour convaincre Serek de lancer une autre intervention. Toute seule, elle n'arriverait à rien, et elle refusait d'attendre d'avoir des preuves plus tangibles, comme un mort ou la destruction d'un bâtiment. Il en allait de la réputation de la Guilde, qu'Azelya devait en quelques sortes protéger d'elle-même...

Elle sourit intérieurement. Même si on lui retirait momentanément son poste, elle le retrouverait forcément quand toute la lumière serait faite sur cette affaire. En comprenant qu'elle avait tout fait pour empêcher l'entité d'étendre son influence, quitte à perdre l'estime de ses collègues, on la réhabiliterait sans la moindre hésitation. Serek présenterait sans doute des excuses, du bout des lèvres, entre deux insultes. Azelya décida que cela lui suffirait.

Malheureusement... Il restait donc à convaincre Serek. Ce fut pour cette raison qu'une fois de retour au siège de la Guilde, Azelya se dirigea droit vers son bureau pour rédiger un dossier le plus solide possible. Peut-être que si elle prenait une heure ou deux pour aller fouiller dans les archives et s'appuyer sur d'anciennes affaires, elle marquerait quelques points supplémentaires.

Quand Azelya ouvrit la porte, elle sursauta en apercevant un invité surprise.

— Oncle Warlyn ?

Chapitre 7

Azelya se dépêcha de refermer la porte derrière elle, alors que son oncle l'accueillait avec enthousiasme. Si quelqu'un apprenait qu'il était là…

— Azelya ! s'exclama-t-il joyeusement. Viens par ici !

Muette de surprise, Azelya s'avança pour lui permettre de la serrer dans ses bras. La famille Lostrey n'était pas particulièrement démonstrative, mais Warlyn s'était toujours montré plus chaleureux que ses parents. Elle sentit le pommeau de sa canne s'enfoncer entre ses omoplates — une sensation familière qui la renvoya loin en arrière.

— Comment se passent les choses à Toluah ? demanda-t-il en se reculant enfin pour aller s'asseoir sur sa chaise. Tu vis encore dans le Vieux Centre ?

Son oncle n'était pas idiot, et il savait qu'elle ne l'était pas non plus : il venait de clairement lui avouer qu'il connaissait tout de sa vie des derniers mois. Azelya joua néanmoins le jeu. Après tout, c'était rassurant de savoir que quelqu'un veillait sur elle.

— En effet. Je me suis habituée au quartier. Les gens sont agréables et mes appartements sont lumineux.

— Et minuscules, compléta Warlyn. Mais je ne suis pas surpris. Tu as toujours pu te contenter de peu. Tu ne te plains jamais.

Azelya se força à sourire. Elle n'avait jamais vraiment eu le choix. Elle devait accepter ce qu'on lui offrait, ni plus ni moins. C'était ainsi que fonctionnaient les choses au sein de la noblesse.

Aujourd'hui, pourtant, elle n'avait plus envie de se contenter de ce peu. Elle voulait plus que ça. Une carrière brillante, des plantes vertes à n'en plus finir, des pâtisseries trop sucrées, du soleil, une douce brise, de la joie, du frisson, jusqu'à la fin de ses jours.

— Je suis heureuse ainsi, en effet, répondit-elle pour clore le sujet.

Son oncle acquiesça, apparemment satisfait, puis il arbora l'air sérieux qu'il prenait pour parler des affaires de la Guilde. Azelya savait de quoi il retournait. Warlyn Lostrey ne s'était pas déplacé depuis la capitale juste pour échanger quelques nouvelles insignifiantes. Sa venue n'avait rien d'anodin.

— Où en es-tu du dossier De Palysse ? demanda-t-il, les deux mains appuyées sur sa canne.

Elle contempla ses nombreuses bagues, son regard s'attardant sur la chevalière de la famille Lostrey.

— Les choses n'avancent pas aussi simplement que je l'aurais souhaité, répondit-elle prudemment.

Inutile de mentionner que l'escouade l'avait accusée de l'avoir fait se déplacer pour rien. Son oncle était forcément déjà au courant, de toute façon. Il hocha la tête pour l'encourager à poursuivre.

— Je pense dans tous les cas que sire De Palysse est innocent. Le problème de hantise n'est pas encore réglé, malgré une intervention de la section spéciale, et je dois surtout réussir à m'occuper de ça.

— Le rapport de l'escouade affirme que les lieux ont été nettoyés, la contredit aussitôt Warlyn, comme elle s'y attendait.

— Je sais, mais c'est faux, s'empressa-t-elle de répondre. J'en reviens, j'ai assisté à une violente manifestation, j'ai essayé de traquer l'entité pendant des heures sans succès…

Azelya laissa sa phrase en suspens. Devait-elle soutenir devant lui qu'elle suspectait encore une entité de niveau quatre ? Se tromper devant Serek était une chose. Devant son oncle, c'en était une autre, pour un milliard de raisons.

— Mais sire De Palysse est innocent, répéta-t-il.

— De nombreux éléments m'incitent à le croire, répondit-elle, toujours prudente.

Warlyn resta silencieux et impassible, ce qui la poussa à poursuivre, alors qu'un inconfortable sentiment lui tiraillait le ventre.

— Les informations que j'ai réunies me laissent également présumer qu'un groupuscule des Terres sans lois est derrière tout ça. Je veux identifier précisément la nature de l'entité pour pouvoir la bannir et mieux comprendre ce que ces criminels cherchent à faire.

— Tu peux aussi décider de clore l'affaire, puisque tu as déterminé que sire De Palysse était innocent. Cela lui permettra de transmettre le dossier à son assurance au plus tôt.

— Ce cas ne s'arrête pas au problème d'assurance de sire De Palysse, réagit-elle aussitôt. Je ne pourrai y mettre un point final que lorsque j'aurai une réponse à toutes mes interrogations. Pour la sécurité de tous, il faut identifier l'entité et découvrir ce que les criminels mijotent.

— Non, trancha sèchement Warlyn. Tu vas conclure cette affaire rapidement. L'entité a été bannie, le rapport de l'escouade en témoigne. Ne cherche pas plus loin. Et tu veilleras surtout à ce que ton compte rendu soit le plus arrangeant possible pour sire De Palysse.

Azelya ouvrit la bouche pour insister encore — son oncle ne semblait pas saisir l'importance du problème —, puis elle comprit. Il ne lui avait pas confié l'affaire pour qu'elle puisse enfin faire ses preuves. Il ne l'avait pas fait pour elle du tout : il l'avait fait pour lui.

— Vous voulez que je tourne les choses à son avantage… ? demanda-t-elle pour être sûre.

Warlyn acquiesça.

— Je dois une grosse faveur à la famille De Palysse, à laquelle Lédone a choisi de faire appel, expliqua-t-il, les lèvres pincées. Je suis plus que ravi de me débarrasser de cela pour une futilité. Et toi, tu auras enfin eu l'occasion de briller.

« Une futilité ? »

Azelya eut envie de hurler que cette affaire était un véritable cadeau empoisonné, qui ne faisait que l'enfoncer depuis le début.

— Azelya ? l'interpella-t-il en se penchant pour mieux l'observer. Nous sommes-nous bien compris ?

Elle n'avait pas le choix. Elle savait qu'elle lui était grandement redevable. Cela n'avait rien à voir avec son influence, qu'elle avait tout fait pour fuir. Les raisons étaient purement pécuniaires. En tant qu'aîné de sa fratrie, Warlyn était le plus fortuné et c'était lui qui avait financé les études d'Azelya, alors que rien ne l'y obligeait. Elle lui devait tout.

Azelya baissa la tête. Elle était forcée d'accepter. Pourtant, son cœur se rebellait. Cette affaire n'était pas une simple brouille. Des gens avaient été mis en danger. Grands Dieux, elle n'était même pas complètement certaine que De Palysse soit innocent ! Comment conclure le dossier ainsi ?

— Azelya ! lança-t-il sèchement.

Elle laissa encore passer plusieurs secondes, avant de relever la tête pour l'observer. Warlyn s'était redressé sur sa chaise. Il rayonnait d'autorité et Azelya se sentit minuscule. Elle inspira longuement, discrètement.

— Je suis désolée, oncle Warlyn, déclara-t-elle d'une voix blanche. Je ne peux pas faire ça.

Les yeux de Warlyn lancèrent des éclairs ; Azelya se recroquevilla sans le vouloir.

— Je te demande pardon ?

— Je refuse de bâcler ma première enquête, protesta-t-elle. Et je ne veux pas m'impliquer dans les manigances des uns et des autres. J'ai des principes auxquels je tiens !

Warlyn poussa un long soupir. Ses épaules se voûtèrent légèrement, son visage s'adoucit.

— Azelya… Tu peux faire ce que je te demande en suivant les protocoles à la lettre, et personne ne t'accusera jamais d'avoir *manigancé* quoi que ce soit. Ils ont été créés pour ça. Pour arranger les plus intelligents. Parce que parfois, on doit pouvoir faire ce qu'on veut et pas ce qu'il faut.

— Mais je veux faire ce qu'il faut, protesta-t-elle.

Le visage de Warlyn se durcit de nouveau.

— Tu m'avais habituée à mieux, Azelya. Ne commence pas à faire l'enfant gâtée.

Elle rentra le menton, butée.

— Tu es intelligente. Tu as déjà toutes les réponses en main. Tu as longuement étudié la théorie. Suis la logique de tes observations et ne te mets pas martel en tête. Sire De Palysse est innocent. Nettoie une fois de plus les lieux, ou fais-le faire, puisque tu y tiens tellement, puis rédige ton rapport, et passe à autre chose.

— Si je suis la logique de mes observations, je ne peux pas me contenter de cela… murmura-t-elle.

Elle ne voulait pas se répéter, cela ne changerait rien. Warlyn attendait d'elle quelque chose qu'elle ne lui donnerait pas. Cette conversation allait mal se finir et elle ne pouvait rien y faire. Elle n'avait pas fui à l'autre bout du royaume pour que sa famille continue de lui dicter sa conduite. Elle était reconnaissante de ce que son oncle avait fait pour elle ; elle refusait néanmoins de fouler aux pieds ses plus intimes convictions.

Avec un nouveau soupir, Warlyn se leva de sa chaise. Quelques-unes de ses articulations craquèrent au passage et Azelya retint difficilement une grimace.

— Pendant des mois, tu as laissé ta supérieure et tes collègues te marcher dessus, dit-il d'une voix glaciale.

Malgré son envie de se faire toute petite, d'accepter ses conditions et de fuir, Azelya soutint son regard.

— Pendant des mois, tu leur as permis de traîner notre nom dans la boue ! explosa-t-il soudain. Tu as refusé toute aide de ma part, mais tu n'as été capable de rien ! Et maintenant, alors que tu as enfin une affaire grâce à moi, tu joues les capricieuses ?

Peut-être qu'en d'autres circonstances, Azelya aurait accepté de s'aplatir… mais, ce soir-là, c'était la réprimande de trop. Warlyn était fatigué de voir tout le monde la traîner dans la boue, alors il décidait d'en faire de même ? Lui aussi, il allait prétendre agir pour son bien ?

— Ce n'est pas un caprice, articula-t-elle fermement. Je n'ai pas rejoint la Guilde pour servir les intérêts privés des puissants. Je veux aider les gens, ceux qui en ont vraiment besoin !

Warlyn donna un violent coup de canne sur le sol, qui la fit sursauter malgré elle.

— Épargne-moi ton dédain ! Tu es ici parce que des gens avant toi ont mis leurs principes de côté pour le bien de la famille !

— Eh bien je m'en fiche ! explosa-t-elle à son tour.

Elle n'était pas une pistonnée. Elle ne marchait pas dans les petites combines, elle méprisait l'entraide élitiste de la noblesse et elle ne pourrait plus se regarder dans le miroir si elle acceptait de se rabaisser à participer à tout ce cirque.

— C'est une chance que tu n'as pas ton avis à donner, répliqua-t-il sèchement. Tu feras ce que je te demande.

— Si les conclusions de mon enquête vont dans ce sens, je rédigerai un rapport favorable à sire De Palysse. Dans le cas contraire… Je ne mentirai pas pour lui.

— Ni pour ta famille ?

Azelya ne répondit pas tout de suite. Naturellement, elle ne voulait pas mettre ses proches dans l'embarras… Et elle savait déjà que ce ne serait pas le cas. Ils n'auraient aucun mal à lui imputer la faute à elle, la fille rebelle et ingrate qui avait fui à Toluah pour vivre comme bon lui semblait. Warlyn serait en colère, puis cela lui passerait. Parce que, dans le fonds, elle resterait sa nièce.

— Ma famille s'en sortira très bien malgré cela. Les De Palysse trouveront autre chose et seront bien heureux ainsi.

— Et quels sacrifices demanderont-ils, la prochaine fois, pour nous faire payer notre défection sur cette affaire ?

— Si Lédone De Palysse est innocent…

— JE ME MOQUE DE SAVOIR S'IL L'EST !

Azelya se recroquevilla encore, les yeux fermés. Quand elle les rouvrit, Warlyn la fixait l'air furieux.

— S'il est innocent, ce sera dans le rapport, poursuivit-elle malgré tout.

Warlyn sembla perdre définitivement patience.

— Tu feras ce que je t'ordonne, hurla-t-il. Et si tu gâches tout, tu pourras dire adieu à ta place au sein de la Guilde de Protection ! Que tu le veuilles ou non, c'est moi qui décide de la vie que tu as le droit de mener !

Les poings serrés et les larmes aux yeux, Azelya continua de le fixer sans rien dire. Ferait-il vraiment cela, ou bien s'agissait-il d'une dernière menace pour tenter de la convaincre ? Était-elle prête à risquer de le voir mettre sa sanction en application ?

— Me suis-je bien fait comprendre ? demanda-t-il, cette fois-ci sans crier.

— Oui, mon oncle. Vous avez été très clair.

Les lèvres pincées, elle prit son courage à deux mains avant de poursuivre :

— Je m'en tiendrai cependant à ma décision.

Warlyn la toisa un instant, les mains crispées sur sa canne, avant de sortir en trombe. La porte se referma doucement dans son dos, avec lenteur. Azelya poussa un long soupir, sur le point de fondre en larmes pour extérioriser, quand quelqu'un entra de nouveau.

Elle se retourna, pleine de détermination, prête à encore faire face à Warlyn... Mais c'était Serek, qui se tenait là, le regard victorieux et un large sourire aux lèvres.

— Des problèmes de famille, Lostrey ?

De toutes les personnes présentes dans le bâtiment, il avait fallu que ce soit Serek qui surprenne l'échange houleux qu'elle venait d'avoir avec son oncle. Les Dieux étaient définitivement contre elle, dans toute cette histoire...

— Pas le moins du monde, mentit-elle en essayant de paraître pleine d'assurance.

Bien entendu, elle ne trompa personne : le sourire de Serek s'élargit encore.

— C'est navrant, de se donner ainsi en spectacle sur son lieu de travail, mais, ma foi, ce fut extrêmement instructif.

Azelya serra les dents, incapable de trouver quelque chose de censé à répondre.

— Dire que je venais discuter de l'affaire De Palysse avec vous, pour tenter de limiter les dégâts sur votre carrière. Par respect pour votre oncle...

Serek laissa son regard errer dans la pièce un instant, un air exagérément innocent sur le visage, avant de l'observer de nouveau.

— Sauf que vous n'avez plus le soutien de votre oncle. Et ça, c'est fâcheux. Pour vous.

Azelya prit une profonde inspiration. Ce qui était fâcheux, c'était que Serek ait surpris leur échange. Pour le reste, Azelya n'était pas inquiète. Warlyn ne la bannirait pas de la Guilde pour sa désobéissance. Pas cette fois-ci, alors que c'était son premier écart de comportement depuis sa naissance — si on excluait son exil volontaire à Toluah. En tout cas, elle espérait qu'il ne tiendrait pas parole…

— Pour des raisons protocolaires, je ne peux pas vous retirer l'affaire, poursuivit Serek. Mais sachez que j'attends avec impatience la conclusion de tout ceci pour pouvoir vous virer. Je vais enterrer votre carrière pour de bon et personne ne sera là pour vous sauver.

— Vous ne pourrez pas me virer si je fais en sorte de tout résoudre seule, répondit Azelya.

« Fichue pour fichue, de toute façon… » songea-t-elle alors que le sourire de Serek disparaissait.

— Nous verrons cela, répliqua-t-elle sèchement avant de quitter les lieux en claquant la porte.

Azelya poussa un long soupir. Complètement vidée, son premier réflexe fut de se rendre dans la cour intérieure, pour respirer un peu d'air frais et peut-être échanger avec Dehana… avant de se souvenir qu'elle n'avait plus envie d'échanger avec elle pour le moment.

Elle contourna son bureau pour aller s'asseoir sur sa chaise. Les mains posées à plat sur le bois, elle contempla les lieux comme si elle les découvrait. Dans un coin de la pièce, les cartons des dossiers qu'elle était censée mettre à jour trônaient toujours. L'un d'entre eux était ouvert sur le dessus de la pile.

Serek ne pourrait sans doute pas la virer, même si elle s'y voyait déjà, mais elle n'aurait aucun scrupule à la condamner à faire de la paperasse jusqu'à la fin des temps. Et ça… Azelya s'y refusait.

Mais pouvait-elle l'en empêcher ? Elle avait fait la fière, devant Serek, et plus tôt, devant son oncle, devant ses collègues… Mais était-elle capable de résoudre cette affaire toute seule, vite, correctement et proprement ? Ou bien surestimait-elle ses forces, comme Dehana l'avait affirmé ?

— Allez, Azé, s'exhorta-t-elle à haute voix. S'il n'y a personne pour croire en toi et te soutenir, fais-le toi-même. Tu peux le faire. Tu vas briller. J'ai foi en toi.

Les yeux fermés, elle se répéta ces quelques mots d'encouragement plusieurs fois. Voilà. Elle se sentait mieux.

Mais que faire à présent ? Ses doigts tapotèrent le bois du bureau. Normalement, elle était maintenant censée récolter autant de témoignages que possible pour pouvoir déterminer l'identité du coupable, en prévenant sa hiérarchie à chaque étape du processus. Après seulement, elle serait autorisée à intervenir pour une nouvelle tentative de bannissement éventuelle. De Palysse devait également être averti de chacune de ses visites sur les lieux, pour des histoires légales de propriété privée.

Bien qu'extrêmement complexes et freinant, ces protocoles avaient été mis en place pour de bonnes raisons. Ils permettaient à la Guilde d'œuvrer pour le bien de tous en veillant à respecter la loi et les gens. Grâce à eux, la population de tout le royaume l'admirait et l'appréciait en retour. *« À quelques exceptions près… »* songea Azelya en repensant à Tulhë.

Tout en poursuivant sa réflexion, Azelya atteignit une feuille vierge et un stylographe pour prendre quelques notes et y voir plus clair. Elle devait se procurer la liste des locataires pour s'entretenir avec eux, se renseigner auprès du voisinage, inspecter de nouveau les lieux avec quelques catalyseurs pour augmenter la puissance de ses sortilèges et, enfin, interroger une fois de plus De Palysse et Obélile.

En premier lieu, donc, elle devait faire une requête auprès de Serek pour pouvoir commencer une recherche de témoins en lien avec l'affaire et informer De Palysse d'une nouvelle visite.

Ou alors…

Les battements de son cœur s'accélérèrent.

Ou alors, elle suivait les conseils de son oncle et s'arrangeait comme elle en avait envie des protocoles. Si elle en tordait deux ou trois à l'extrême, elle pouvait se permettre de retourner au complexe immobilier dans la soirée sans avoir besoin d'avertir qui que ce soit. Elle pouvait s'en sortir sans l'aide de personne. Elle avait le niveau. Ses professeurs y avaient veillé et ses notes l'avaient largement prouvé.

Azelya soupira encore, de frustration cette fois-ci. Elle ne pouvait pas s'y rendre seule sans un minimum de préparation, et la majeure partie de son matériel se trouvait chez elle, puisqu'elle n'en avait jamais eu l'usage au sein de la Guilde.

Sans vraiment réaliser qu'elle venait de prendre sa décision, Azelya commença à faire la liste de toutes les précautions qu'elle jugeait nécessaire. Catalyseurs, talismans, fioles de prélèvement… et arme à feu.

Elle interrompit sa réflexion et resta un instant immobile, la pointe de son stylographe juste au-dessus de sa feuille. Son père lui avait appris à tirer quand elle est encore adolescente, pour qu'elle puisse l'accompagner à la chasse. Sans particulièrement détester cela, elle n'avait jamais vraiment apprécié non plus cette activité. En revanche, cela lui avait été fort utile pour s'armer elle-même après son installation à Toluah. Parce qu'elle savait qu'un jour ou l'autre, elle se retrouverait confrontée à des criminels des Terres sans lois... Pourtant, maintenant que le moment arrivait d'en faire usage, elle répugnait à l'idée de sortir le revolver de son coffret.

— Allez, déclara-t-elle en se levant soudain.

Nul besoin de tergiverser plus longtemps. Elle devait passer à l'action, et vite. Azelya plia proprement sa liste, la glissa dans sa poche et quitta son bureau. À cette heure-ci, ses collègues étaient encore nombreux à rôder dans les couloirs et elle sentit plusieurs regards peser sur elle. Serek n'avait sans doute pas été la seule à entendre les éclats de voix de Warlyn. Et même sans connaître la teneur de leur échange, il était évident que Warlyn lui avait passé un savon. Les commères avaient déjà dû recoller les morceaux à leur sauce. « Azelya s'est tellement ratée que son oncle a fait le déplacement depuis la capitale. »

Un bref soupir lui échappa. Ils pouvaient bien penser ce qu'ils voulaient, tous autant qu'ils étaient. Elle *savait* qu'elle avait raison.

— Azelya ?

Elle se figea en reconnaissant la voix de Bruenne, dans son dos. *« Pourvu que Dehana ne soit pas dans le coin. »* Azelya se retourna prudemment, mais Bruenne était seule. C'était évident, en réalité : elle ne lui adressait jamais la parole la première, quand Dehana était là.

— Je suis un peu pressée… répondit-elle froidement.

Elle n'avait pas voulu se montrer aussi distante, mais Bruenne n'avait pas particulièrement cherché à prendre sa défense, plus tôt avec Dehana… et elle était *vraiment* pressée.

— Elle ne pensait pas à mal, tu sais ? déclara Bruenne.

Azelya ferma les yeux un instant. Bruenne était venue plaider la cause de Dehana, forcément. En temps normal, Azelya aurait été encline à la croire, mais elle avait eu une très, très longue journée, qui était loin d'être terminée.

— Elle est maladroite. Elle parle toujours trop vite, mais c'est parce qu'elle tient à toi. Elle est vraiment inquiète de te voir faire les mauvais choix.

C'en fut trop pour Azelya. Elle tourna les talons sans répondre et quitta le siège de la Guilde sans un regard en arrière.

Chapitre 8

Azelya rejoignit volontairement le complexe immobilier une fois la nuit tombée. D'abord, parce qu'elle avait eu besoin de temps pour se préparer avec soin. À la place de ses larges jupes, elle portait un solide pantalon de toile et, en haut, une chemise surmontée d'un simple gilet. À sa ceinture et en bandoulière, glissés dans des sangles de cuir, ses talismans, catalyseurs et fioles diverses. Sur sa hanche droite, son revolver et ses cinq cartouches déjà chargés. Sur la gauche, d'autres munitions.

Ainsi harnachée, Azelya avait l'impression de partir en guerre, ce qui n'était pas loin d'être la vérité… Parce qu'elle était aussi venue à cette heure tardive dans l'espoir que les criminels des Terres sans lois aient eu la même idée ou que l'entité se montre plus active. Ou les deux.

Une fois aux abords du complexe immobilier, Azelya marqua une pause. Les sourcils froncés de détermination, elle souffla puissamment par la bouche et roula plusieurs fois des épaules. Elle devait tout régler dans la nuit et rédiger son rapport dans la foulée, au moins pour l'entité en elle-même. Ainsi, ni Warlyn ni Serek n'auraient l'occasion de mettre en place la moindre sanction.

De nuit, les lieux étaient bien plus inquiétants. Pour ne rien arranger, le temps avait décidé d'être d'humeur capricieuse et le ciel était d'un noir d'encre. Sans lune ni étoiles pour l'éclairer, Azelya fut rapidement contrainte d'avaler le contenu d'une première fiole pour améliorer sa vision. La potion puiserait dans ses propres réserves pour fonctionner, mais elle lui permettait néanmoins de mieux voir sans pour autant être visible.

Un pas après l'autre, en rasant les murs, Azelya se dirigea vers le bâtiment où elle avait découvert les vestiges du rituel. Là, elle s'accroupit dans un renfoncement et prit le temps de choisir un premier catalyseur. Elle opta d'abord pour une petite statuette en corne, représentant un faucon en plein envol. Il tenait entre ses serres un éclat brut de lapis-lazuli et de fines veines de cuivre traçaient de nombreux motifs sur ses ailes étendues.

Azelya le pressa fermement dans sa main gauche et lança prudemment un premier sort de détection. Son catalyseur l'aida à faire preuve de plus de précision dans l'utilisation et le déploiement de son influx magique. C'était elle la traqueuse, cette nuit, pas l'inverse. Elle ne permettrait pas que l'entité se joue d'elle une fois encore.

Les yeux grand ouverts, elle laissa son regard se faire plus vague pour agrandir son champ de vision. Ainsi, elle ne distinguait plus vraiment les détails, mais elle captait mieux les mouvements. Cela l'aidait également à se concentrer sur son sortilège, et elle scanna l'intégralité du bâtiment... en vain. L'entité ne se trouvait pas là, pas plus qu'un quelconque sorcier.

Azelya réduisit lentement la puissance de son sortilège, de manière à ne pas perturber l'influx magique naturel du lieu, et se dirigea vers la tour voisine pour recommencer le même processus, sans succès.

Elle reproduisit la manœuvre jusqu'à se retrouver au pied du bâtiment central sans obtenir de résultats probants.

Les lèvres pincées, elle leva la tête vers les étages. Cela faisait deux heures qu'elle se trouvait là et il n'y avait toujours aucun signe de vie... ou presque.

Quelque chose venait de titiller son sortilège de détection, quelque part alentour. La sensation était légère, fugace, et elle fut bien incapable d'en situer la source exacte, mais elle apportait une nouvelle certitude. L'entité s'était rendu compte de sa présence. Azelya supprima complètement son sortilège. Dans la panique, elle ne s'appliqua pas autant qu'elle l'aurait dû, mais, normalement, son ennemie ne l'avait peut-être pas localisée non plus — juste sentie.

« Je ne serai pas la proie ce soir », se répéta Azelya mentalement.

Elle rangea son catalyseur et décida d'activer un premier talisman de protection. Ainsi, la moindre attaque magique directe serait détournée, au moins partiellement, lui laissant le temps de réagir.

Accroupie contre le mur de la tour, elle observa les alentours. Si elle parvenait à disposer plusieurs ancrages discrètement en cercle, elle pourrait peut-être ensuite attirer l'entité dans un piège en les reliant tous entre eux d'un seul coup. En progressant lentement et en utilisant de nouveaux catalyseurs, elle pouvait en créer cinq ou six et conserver assez d'énergie pour ériger la barrière qui retiendrait enfin la créature dans une zone restreinte.

Du bout des doigts, elle frôla ses différents pendentifs pour trouver lequel ferait le mieux l'affaire. Elle en tirait un de sa ceinture quand un bruit de verre brisé détourna son attention. Azelya fronça les sourcils. L'entité essayait probablement de l'attirer dans un piège, elle aussi. Tant pis pour elle. Ce serait potentiellement plus facile pour Azelya de la localiser avec précision et de former une prison correcte.

Les mâchoires crispées de concentration, Azelya se faufila dans le hall et instaura une première ancre, en plein milieu, pour constituer ce qui serait la base de sa barrière magique.

Après avoir rejoint le deuxième, elle s'apprêta à lancer un léger sortilège de détection pour savoir où placer la prochaine ancre. Elle s'interrompit en entendant un éclat de voix. Instinctivement, elle leva le visage vers le plafond. D'un mouvement de main, elle amplifia son ouïe et repéra ainsi plusieurs personnes qui s'affairaient quelques étages plus haut.

Les battements de son cœur s'accélérèrent. Elle vérifia que son arme se trouvait toujours à sa ceinture, activa deux talismans supplémentaires, puis se dirigea vers les escaliers.

Les voix venaient du troisième. Un long couloir partait du palier et divisait la tour en deux. De chaque côté, plusieurs portes en bois ouvragé, toutes closes, sauf la troisième, vers le centre, sur la gauche. Une faible lumière chaude projetait des ombres mouvantes sur le mur d'en face.

Azelya écouta encore. Malgré son sortilège, elle ne discernait pas tous les échanges clairement, mais les intrus étaient sans le moindre doute en train de préparer un nouveau rituel. Azelya sortit son arme de son étui et la pointa sur le sol, le doigt sur le côté de la gâchette.

Courbée en deux, elle progressa silencieuse comme une ombre le long du couloir et s'accroupit juste avant la porte.

Elle laissa passer plusieurs minutes, pour s'assurer de n'avoir éveillé aucun soupçon, puis se pencha pour jeter un regard. Elle écarquilla les yeux en reconnaissant l'une des personnes présentes.

Une main se plaqua soudain sur sa bouche pendant qu'une autre immobilisait son bras droit, et on la tira fermement en arrière.

Azelya se tortilla pour se dégager alors que son assaillant la traînait vers les escaliers.

— Calmez-vous ! lui ordonna-t-il sèchement. Ils vont nous repérer !

Loin d'obéir, elle se débattit et mordit violemment la main qui la bâillonnait. L'homme la repoussa brusquement et elle se rattrapa de justesse à la rampe. Le poing toujours serré sur son revolver, elle se retourna pour le mettre en joue.

— Ma parole, quelle furie ! s'exclama-t-il en se massant la main.

Azelya ne baissa pas tout de suite son arme, même s'il lui sembla reconnaître sa voix. Dans la semi-pénombre, elle plissa les yeux pour mieux voir.

— Tulhë ? s'étonna-t-elle après un moment de flottement.

— Criez-le plus fort, ils n'ont pas entendu ! répliqua-t-il à voix basse.

Elle se mordit la lèvre, mais se décida finalement à baisser son revolver.

— Qu'est-ce que vous faites là ? chuchota-t-elle en se rapprochant.

— La même chose que vous, je suppose, siffla-t-il avec agressivité.

Les yeux du détective privé brillaient d'une rage mal contenue ; son visage était fermé et ses mâchoires crispées. Azelya eut besoin d'un instant pour comprendre que cette colère n'était pas dirigée contre elle. L'identité des ritualistes lui revint en mémoire. La surprise de voir Tulhë débarquer à l'improviste lui avait presque fait oublier. Sa propre fureur monta d'un cran.

Azelya observa attentivement le bout du couloir et les ombres qui passaient parfois sur le mur. Personne ne les avait repérés. Prudente, elle s'avança de quelques pas pour se rapprocher de Tulhë, qui fixait lui aussi les lieux d'un air sombre.

— Que fait-on ? souffla-t-elle en se mettant sur la pointe des pieds pour atteindre plus facilement son oreille.

Tulhë ne répondit pas tout de suite. Immobile, silencieux, il ne semblait pas se soucier de sa présence outre mesure. Les sourcils froncés, elle raffermit sa prise autour de son arme et attrapa un nouveau talisman. Si Tulhë était incapable de gérer ses émotions et

de garder la tête froide, elle règlerait le problème toute seule.

Après deux profondes inspirations, elle s'élança. Tulhë la saisit de justesse par le poignet pour la retenir.

— Attendez, on doit se coordonner !

— Je vous ai demandé ce que vous vouliez faire, s'agaça-t-elle. Vous n'avez même pas daigné me regarder !

Tulhë laissa échapper un soupir excédé, avant de se tourner vers elle pour s'approcher exagérément.

— Est-ce mieux ainsi ?

Azelya se sentit rougir. Elle se recula et le repoussa en même temps d'une main, en se maudissant.

— Alors ? Que fait-on ? s'agaça-t-elle en détournant le visage.

— On met fin à cette mascarade, naturellement. Mais on ne fonce pas tête baissée. Ils sont forcément armés. Et on ignore s'ils peuvent lancer de quelconques sortilèges.

— Et donc ?

Tulhë fronça les sourcils.

— Et donc ? répéta-t-il avec mépris.

— À part énoncer des évidences, vous avez un plan ? Quelque chose de concret ? Une véritable idée ?

— Je vous trouve bien orgueilleuse, pour quelqu'un qui a passé sa vie dans un bureau loin du terrain.

Une bonne chose que les mains d'Azelya soient crispées sur son arme et son talisman : autrement, elle l'aurait giflé.

— Avez-vous un plan ? insista-t-elle froidement.

— À votre avis ? répliqua-t-il sèchement. Je m'occupe d'eux. Vous suivez et vous essayez de ne pas me tuer.

Son regard glissa sur le revolver.

— Est-ce que vous savez au moins vous servir de ça ?

Azelya le leva devant son visage.

— Vous voulez qu'on vérifie avant d'y aller ?

Tulhë lâcha une exclamation moqueuse, avant de retrouver son air sérieux.

— Au pire, attendez-moi ici, je vous ferai signe quand la voie sera libre.

— Bien sûr, et je vous laisse le plaisir de leur régler leur compte !

Il leva les yeux au ciel, puis son visage s'assombrit de nouveau. Sans rien ajouter, il s'avança le long du couloir. Azelya lui emboîta le pas, son talisman serré contre sa poitrine. Elle avait fait la maligne, mais Tulhë avait tapé dans le mille. Elle n'avait absolument aucune expérience de terrain. Si les choses tournaient mal, elle ignorait de quelle façon elle réagirait. Malgré toute la préparation du monde, certaines personnes se retrouvaient simplement figées face à la confrontation et à la violence, celles des humains comme celles des entités.

Tulhë resta longuement collé contre l'embrasure de la porte, dissimulé à la vue des criminels. Il bondit soudain pour se poster de l'autre côté. Le cœur d'Azelya manqua un battement. Le souffle court, elle l'observa sans réagir alors qu'il lui faisait signe de se rapprocher pour regarder elle aussi.

Azelya déglutit difficilement, puis elle s'exécuta. Avec une infinie prudence, elle jeta de très brefs coups d'œil à l'intérieur de la pièce. Leurs adversaires n'avaient absolument aucune idée de leur présence. Ses doigts se crispèrent sur son arme et, après une longue expiration silencieuse, elle la rangea dans son étui. Ils devaient réussir à les mettre hors d'état de nuire sans les blesser gravement.

Elle adressa un regard appuyé à Tulhë, qui hocha sombrement la tête. Avait-il compris le message ? Rien n'était moins sûr, mais ils ne pouvaient pas se permettre d'attendre encore. À tout moment, l'un de leurs adversaires pouvait décider de quitter la pièce.

À sa propre surprise, quand Tulhë s'élança enfin, Azelya le suivit sans la moindre hésitation.

Leur entrée fut fracassante. Des éclairs zébrèrent l'air au-dessus d'eux ; des flashs de lumière manquèrent d'éblouir Azelya, qui eut le réflexe de désactiver l'effet de sa potion de vision à temps ; des bruits sourds résonnèrent dans les murs. Tous les signes de hantise dont ils avaient déjà été les témoins… Sauf que cette fois-ci, Azelya ne s'y trompa pas.

Tulhë mit fin aux sortilèges en quelques mouvements de main, alors qu'Azelya ne put que contempler la scène, envahie d'émotions contradictoires.

Tout prenait soudain un sens différent et, pourtant, tout ceci ne collait pas à la réalité de ce qu'elle avait perçu… Ou bien était-ce le cas ? S'était-elle à ce point fourvoyée ? N'était-elle pas plus intelligente que ça ?

— Posez ça ! ordonna sèchement Tulhë, sa main encore tendue devant lui, paume ouverte, prête à contrer aussi bien qu'à attaquer.

Visiblement peu enclin à obéir, l'un des criminels jugea bon de pointer vers eux un revolver. Le sort de Tulhë fusa si vite qu'Azelya peina à le détecter. Le poignet de l'homme se tordit brusquement avec un horrible craquement. Il lâcha son arme avec un hurlement de douleur.

— Et maintenant… poursuivit Tulhë, je vous laisse dix secondes pour vous expliquer avant de recommencer à briser des os.

Il regardait l'homme qui se trouvait au centre de la pièce. Celui-ci les observait en retour, furieux. Il tenait encore à la main l'imposant pinceau qu'il utilisait pour tracer au sol des motifs de sang.

Azelya s'avança d'un pas alors que tout le monde s'obstinait à rester silencieux.

— Je vous conseille de cracher le morceau tout de suite, sire De Palysse, lança-t-elle sèchement.

De Palysse arracha sa capuche d'un geste furieux.

— Qu'est-ce que vous faites là ? rétorqua-t-il avec agressivité. Vous ne devriez pas être ici. Pourquoi êtes-vous venue seule sans prévenir personne ? Et les protocoles de la Guilde ?

Azelya haussa les sourcils. Était-il réellement en train de la sermonner… ? Elle jeta un regard à Tulhë.

— Je ne suis pas seule, dit-elle sèchement.

— Parlons-en ! s'emporta encore plus De Palysse en se tournant vers l'un de ses complices. Qu'est-ce qu'il fait là, votre privé ?

Obélile haussa les épaules.

— Erreur de calcul, répondit-il froidement. Ça arrive.

Il se tenait dans le dos de De Palysse, à quelques mètres d'eux, les mains glissées dans les poches. Son indifférence ne présageait rien de bon. Azelya se décala d'un pas pour mieux voir chacun de leurs adversaires.

— Nous allons rectifier le tir rapidement, ricana De Palysse en pointant à son tour une arme à feu vers eux.

— Rangez ça, vous allez vous blesser, ordonna sèchement Tulhë.

— Vous faites bien trop le malin, répliqua De Palysse alors que trois de ses complices les menaçaient à leur tour. Vous êtes peut-être doué en un contre un, Tulhë, mais là, vous n'avez aucune chance. Et elle… ajouta-t-il en pointant Azelya du menton. Elle, elle est juste nulle. Elle ne vous sera d'aucune aide.

Azelya sentit son sang bouillir.

— Vous avez tout mis en scène… Depuis le début, vous jouez avec nous !

De Palysse leva les yeux au ciel et se tourna vers ses complices. D'un signe de tête, il leur ordonna de s'approcher encore.

— Enfin un éclair de lucidité de votre part, ma petite. Dommage qu'il arrive si tard.

Il lui adressa un sourire narquois, avant de reporter son attention sur Tulhë.

— Baissez cette main. Vous êtes peut-être puissant, mais vous serez tous les deux morts avant d'avoir eu le temps de faire quoi que ce soit.

Dans son dos, Obélile laissa échapper un long soupir désabusé.

— Quel gâchis…

Sans la moindre lueur de regret dans le regard, il sortit enfin les mains de ses poches. Il atteignit le revolver qu'il portait à la ceinture et pointa le canon vers Azelya. Elle rentra le menton d'un air de défi.

Chapitre 9

« *Il ne tirera pas* ». Azelya se raccrochait à cette pensée pendant que son esprit tournait. Malgré le pétrin dans lequel ils s'étaient fourrés et les canons des armes pointés sur elle, elle éprouvait une sorte de soulagement. Tout cela expliquait l'incohérence entre ses ressentis et ses observations objectives. Ses compétences n'étaient pas en cause : le problème venait des quelques erreurs commises dans le plan presque parfait des escrocs. Parce qu'il s'agissait sans l'ombre d'un doute d'une tentative de fraude à l'assurance. De Palysse et Obélile avaient tout mis en scène, y compris leurs accusations réciproques.

Azelya recolla un nouveau morceau : elle comprenait pourquoi Warlyn avait insisté pour qu'elle conclue cette affaire avec l'innocence de De Palysse. Il avait aussi dû intervenir auprès de l'escouade spéciale pour qu'elle déclare de son côté avoir correctement nettoyé les lieux, tout en sachant qu'elle n'allait rien trouver...

Quant à Tulhë, il devait également blanchir Obélile, et les assurances n'auraient pas eu d'autres choix que de payer une large somme, que les deux complices se seraient ensuite partagée.

« Si tu n'avais pas été si inexpérimenté, tu ne serais pas tombée dans le panneau... » Azelya serra encore les poings. Elle aurait eu plus d'expérience si on l'avait laissée faire son travail dès son arrivée, au lieu de la reléguer injustement aux plus basses tâches administratives.

— Il n'y a jamais eu de groupuscule des Terres sans lois.

La voix de Tulhë vibrait d'une colère mal contenue. Perdue dans ses réflexions, le regard figé sur l'arme d'Obélile, Azelya avait presque oublié sa présence. Elle lui glissa un coup d'œil. Les yeux de Tulhë lançaient des éclairs et ses mâchoires se crispaient par intermittence. Ce n'était pas qu'un insupportable frimeur : il était sans aucun doute puissant. En face, les escrocs bronchèrent à peine. Seul celui qui avait eu le poignet cassé recula d'un pas. Cela n'avait rien de surprenant, ces gens-là n'avaient aucune sensibilité magique. Ils ne réalisaient pas le danger que Tulhë représentait. Comme pour le prouver, De Palysse s'avança encore, l'air bravache.

— En effet, mais vous avez pu constater que j'avais correctement étudié le sujet ! Vous n'y avez vu que du feu.

Tulhë serra les poings ; Azelya sentit sur sa peau les étincelles de magie qu'il expulsait. En face d'eux, personne ne remarqua rien. Ils pensaient maîtriser les notions théoriques, mais ils ne connaissaient rien à la sorcellerie. Rien du tout. Et pourtant... Pourtant, ils les avaient menés par le bout du nez.

— Je dois reconnaître que vous avez orchestré les choses avec un certain doigté, déclara-t-elle finalement. Vous avez mis en scènes les manifestations tout en veillant à laisser dans l'air les traces de magie adéquates...

Azelya devait contrôler ses émotions pour eux deux. Tulhë semblait sur le point de perdre son sang-froid : elle ne pouvait pas se le permettre. Maintenant qu'ils avaient découvert le pot aux roses, ils devaient mettre ces escrocs hors d'état de nuire et les livrer aux autorités compétentes.

De Palysse hocha la tête en se rengorgeant. L'imbécile avait pris sa remarque pour de la flatterie.

— Et ceci devait être le clou du spectacle, déclara -t-il en désignant la pièce d'un geste du bras. Vous étiez censés constater tout cela en arrivant demain matin.

Son visage changea de nouveau. De flatté, il redevint courroucé.

— Vous avez tout gâché. Pourquoi n'avez-vous pas suivi le protocole ?

Azelya se surprit à sourire.

— À cause de mon oncle qui m'a violemment invitée à m'en arranger pour vous.

Elle réalisa juste après qu'elle n'aurait pas dû dire cela devant Tulhë, mais vu l'état de fureur dans lequel il se trouvait, peut-être qu'il ne prêterait pas attention à cette information hautement sensible sur la Guilde de Protection...

— Warlyn... se lamenta De Palysse en secouant la tête. Votre mort le brisera, sans le moindre doute.

— Je ne suis pas encore morte.

Azelya agita les doigts pour préparer un sortilège.

— Je vous déconseille de jouer à ça, la prévint Obélile en avançant d'un pas vers elle.

— Vous m'avez manipulé, moi aussi, gronda Tulhë.

Ce fut au tour d'Obélile de hausser les épaules avec désinvolture.

— Et aussi facilement qu'elle. Votre haine de la noblesse et vos idées politiques vous honorent, mais elles sont également votre plus grande faiblesse. Vos capacités de raisonnement en sont clairement amoindries. C'était un jeu d'enfant d'en tirer parti. Surtout en vous mettant en face d'elle.

« *Elle, elle, elle.* » Azelya sentait la colère enfler de nouveau. Elle avait vraiment été la pierre angulaire de leur plan.

— Bien… déclara De Palysse en tapant brusquement dans ses mains. Continuons de mettre à profit toutes mes connaissances sur les Terres sans lois. Messieurs ? Ces deux jeunes personnes ici présentes nous serviront de sacrifices.

Un frisson remonta le long du dos d'Azelya quand elle vit les lames des poignards refléter la lueur des torches. Obélile pointait toujours son arme sur elle et elle envisagea avec angoisse les quelques options qu'elle avait. Malgré sa bonne maîtrise de la magie, Obélile serait plus vif qu'elle et, s'il visait correctement, il n'aurait besoin que d'une seule balle pour se débarrasser d'elle si elle refusait de se laisser « sacrifier ». Elle ne se faisait pas d'illusions sur la suite : ils n'auraient aucun mal à faire disparaître son corps. Tulhë risquait fort de connaître le même sort s'il ne retrouvait pas rapidement son calme et…

— *Leh Reik'ha !*

La voix de Tulhë claqua dans l'air, de nouveaux craquements résonnèrent sinistrement et les armes tombèrent au sol. Tulhë agita encore la main devant lui et les malfrats s'écroulèrent aussitôt comme des poupées de chiffon, inconscients.

— Vermines… pesta-t-il, avant de tourner les talons pour sortir de la pièce.

Azelya observa un instant De Palysse et ses complices avant de lui emboîter le pas. Tulhë avait déjà traversé le couloir et s'apprêtait à descendre quand elle le rattrapa par la manche.

— Où est-ce que vous allez ?

Azelya réprima difficilement un frisson quand il pivota vers elle pour la fusiller du regard.

— Le mystère est résolu. Je pars.

Il se dégagea sèchement et commença à dévaler les marches.

— Ce n'est pas fini ! cria Azelya dans son dos.

Tulhë se figea. Ses poings se serrèrent plusieurs fois, puis il se retourna. Même s'il avait apparemment réussi à contrôler sa fureur, le regard qu'il posa sur elle n'en était pas moins glacial. Il lui en voulait, à elle aussi. Azelya n'arrivait pas à le lui reprocher. Elle était en colère après elle également.

— Je vous laisse les honneurs, dit-il. Prévenez la Guilde, jouez avec vos protocoles.

Azelya tiqua. Il avait entendu, et il n'oublierait pas.

— J'enverrai mon rapport pour compléter le vôtre.

Il lui tourna une nouvelle fois le dos et, cette fois-ci, Azelya n'essaya pas de le retenir. Elle en avait envie, parce qu'elle voyait poindre de nombreux ennuis à l'horizon. Elle devinait que Serek ne serait pas ravie de recevoir un document signé par Tulhë alors qu'Azelya avait pris soin de taire son identité, et il y avait peu de chance pour que Tulhë ne se serve pas de ce qu'elle avait insinué à propos de son oncle. Pour quelqu'un qui détestait les arrangements que les membres de la noblesse passaient sans cesse entre eux, l'occasion était trop belle… et, quelque part, indirectement, Warlyn s'était joué de Tulhë, lui aussi.

Tout cela défila dans son esprit en quelques secondes. Azelya ferma les yeux. Elle devait le rattraper, même si elle redoutait cette confrontation bien plus que l'arme qu'Obélile pointait sur elle quelques minutes à peine auparavant.

— Attendez !

Sa voix résonna dans le bâtiment alors qu'elle dévalait les marches à son tour. Quelque chose s'agita dans l'air, une présence diffuse, mais Azelya n'y fit pas attention. Elle connaissait le truc, désormais : elle ne s'y ferait plus prendre.

Elle rattrapa Tulhë alors qu'il sortait.

— Quoi, encore ?

Son ton trahissait de nouveau l'agacement qu'il lui avait toujours montré. Rien de plus. Azelya ouvrit la bouche, mais changea d'avis au dernier moment, fuyant la confrontation.

— Combien de temps resteront-ils inconscients ?

— Deux heures, très probablement. Allez-vous enfin vous décider à me lâcher les basques ?

Azelya fronça les sourcils.

— Vous vous êtes laissé embobiner autant que moi ! C'est de votre responsabilité aussi de mener cette affaire à terme !

Tulhë soutint longuement son regard, ses mâchoires de nouveau crispées de colère. Azelya détecta encore une fois la magie qui s'échappait de son corps, cette fois-ci à dessein. Sans rien dire, Tulhë la mettait au défi de l'affronter. Azelya n'était pas idiote : elle ne faisait pas le poids. Elle baissa les yeux et le dépassa, furieuse. Deux heures. C'était suffisant pour rentrer au quartier général de la Guilde et envoyer une unité pour arrêter De Palysse et ses complices. Elle règlerait les problèmes causés par Tulhë plus tard, en temps voulu.

La fin de la nuit fut chargée. Azelya se hâta de trouver une voiture taxi, fit presque un scandale pour qu'une escouade soit immédiatement dépêchée sur place puis s'enferma dans son bureau pour s'occuper de ses rapports. Heureusement, Serek n'était pas là : cela lui avait permis de rester ferme, malgré l'attitude condescendante de ses collègues de permanence.

Assise dans son minuscule cagibi, éclairée seulement par une lanterne et quelques bougies, Azelya se tint un moment les doigts au-dessus de sa machine à écrire, incapable de se lancer dans la rédaction de son compte-rendu.

Elle ferma les yeux et inspira profondément. Maintenant qu'elle avait mis de la distance avec le complexe immobilier, De Palysse, Obélile et Tulhë, elle parvenait à réfléchir plus posément... Et elle se rendait compte que les morceaux ne s'agençaient pas si bien que cela entre eux.

Avec un froncement de sourcils, elle repoussa sa machine à écrire et se saisit de son stylographe. À l'aide de ses notes, elle reporta les différents éléments dans différents coins d'une feuille, les relia avec des flèches, les annota… et, définitivement, quelque chose ne collait pas. Elle discernait bien à présent toutes les ramifications de la mise en scène orchestrée par De Palysse et Obélile, et la présence qu'elle avait plusieurs fois ressentie ne pouvait pas y être liée. C'était impossible. Rien de tout ce qu'ils avaient fait ne pouvait simuler ainsi la puissance d'une entité de niveau quatre, ou plus. Ils avaient bien imité une hantise, mais une toute simple de niveau un. Ce qu'avait « constaté » la première escouade envoyée par Azelya.

Un long soupir souleva sa poitrine. Un regard à l'horloge la dissuada d'essayer de résoudre ce mystère dans l'immédiat. Serek arrivait tôt et il ne lui restait que trop peu de temps pour rédiger des rapports solides, complets et indiscutables. Heureusement, cette fois-ci, celui de l'unité spéciale allait corroborer les siens : ils allaient forcément retrouver De Palysse évanoui au milieu de sa mise en scène, là où ils l'avaient laissé. Ni Serek ni personne ne pourrait rien y redire.

Avec un sourire, Azelya installa de nouveau sa machine à écrire. Peut-être qu'elle obtiendrait des excuses de Dehana et qu'elles pourraient faire la paix et passer à autre chose.

Chapitre 10

A zelya fut réveillée en sursaut quand Serek entra en trombe dans son bureau. Perdue, elle papillonna des yeux. Ses pensées mirent un temps de trop à retrouver un semblant de cohérence, alors que son regard allait du visage de Serek, furieux, à ses compte-r toujours étalés devant elle. Épuisée, elle s'était endormie pendant la rédaction du dernier et n'avait pas pu les rendre à temps. Azelya se fustigea. Elle s'était pourtant promis de ne fermer les yeux qu'un court instant…

— Lostrey… commença Serek, menaçante comme jamais.

— Mes rapports ! la coupa aussitôt Azelya en bondissant sur ses pieds.

Elle attrapa la pile de feuilles et la lui tendit.

— Le dernier sera complété dans moins d'une heure !

— La nuit a été longue ? demanda Serek en prenant les documents.

Azelya l'observa, sur la défensive, alors que Serek parcourait rapidement la première page.

— Oui, répondit prudemment Azelya. Mais je voulais absolument que les rapports soient prêts pour votre arrivée ce matin.

Serek pinça les lèvres.

— C'est raté, n'est-ce pas ?

Elle redressa la tête. Azelya la devina aussi furieuse que d'habitude et, pourtant, quelque chose la forçait à se montrer plus courtoise que d'ordinaire. Azelya se retint de sourire. L'arrestation de De Palysse avait forcément joué en sa faveur.

— Soyez assurée que je les décortiquerai avec soin, déclara Serek.

Azelya perdit son envie de sourire. La menace était à peine voilée. Elle s'efforça néanmoins de conserver un visage impassible. Elle avait gagné. Ça lui suffisait. Serek continua à lire ses rapports en diagonale, puis elle leva les yeux vers elle. Azelya eut l'impression que son regard la transperçait.

— Je suppose que vous gardiez le meilleur pour la fin ?

Azelya fronça les sourcils sans comprendre. Serek désigna du menton le compte-rendu inachevé sur son bureau.

— Ce qu'il est advenu de sire De Palysse.

Azelya se dépêcha d'acquiescer. Elle avait en effet gardé le document le plus délicat pour la fin, incapable de se décider à inscrire elle-même le nom de Tulhë ou bien à prétendre jusqu'au bout qu'elle ignorait son identité. Est-ce qu'il valait mieux qu'on l'accuse de négligence pour ne pas avoir cherché à savoir, ou bien d'avoir voulu dissimuler des informations sensibles à sa hiérarchie ?

— Sire De Palysse et ses complices ont été mis hors d'état de nuire. L'unité spéciale a dû les trouver évanouis dans une salle du troisième étage de la tour centrale, comme je leur ai indiqué.

— C'est bien ça, le souci, Lostrey. De Palysse n'était nulle part, pas plus que ses soi-disant complices. L'escouade a cependant pu constater ce qui ressemblait à un rituel interrompu, ce qui vient appuyer votre ébauche de rapport, mais…

« Mon ébauche de rapport ? » Azelya ne put s'empêcher de s'offusquer intérieurement. Ses rapports étaient parfaits en tout point. C'était pour cette raison qu'elle y avait passé autant de temps.

— Lostrey. Vous êtes toujours avec moi ?

— Oui. Pardon, madame.

Serek poussa un bref soupir agacé. Azelya ne comprenait pas pourquoi Serek n'avait pas encore commencé à lui hurler dessus comme à son habitude.

— L'assistante de sire De Palysse a déclaré sa disparition. Elle est sans nouvelles de lui depuis hier soir. L'escouade n'en a trouvé aucune trace dans son complexe immobilier.

— Ce n'est pas surprenant. Il a été démasqué. S'il a repris connaissance avant l'arrivée de la Guilde, il a forcément cherché à disparaître de la circulation le temps de retomber sur ses pieds.

« Et il y parviendra… » songea-t-elle avec amertume. Parce qu'il était de la noblesse et qu'ils se trouvaient à Toluah, trop loin de la capitale, aux portes des Terres sans lois.

Serek ne répondit pas tout de suite. Elle dévisagea longuement Azelya, puis se redressa finalement de toute sa hauteur, prête à exercer toute l'autorité dont elle était malheureusement capable. Azelya eut envie de s'écraser dans un coin pour éviter la soufflante qui semblait enfin arriver.

— Le dossier est transféré dans un autre service, déclara sèchement Serek. Disparition inquiétante. Ce n'est plus de notre ressort. Bouclez-moi ce rapport et passez à autre chose.

Son regard s'attarda un instant sur les cartons d'archives qui attendaient encore d'être actualisés. Elle ne les mentionna pas explicitement, mais Azelya saisit le message. Malgré toutes les épreuves qu'elle venait d'affronter, elle se retrouvait au même point. Coincé dans un placard, avec une supérieure qui la détestait et la surchargeait de travail pour lui maintenir la tête sous l'eau.

Après sa trop courte nuit, Azelya ne se sentit pas capable de protester. Elle s'aplatit une fois de plus.

— Oui, madame.

Serek repartit en claquant la porte, comme pour rappeler qu'Azelya n'avait toujours pas trouvé grâce à ses yeux. Et pour cause : toute cette affaire ne faisait que prouver que les nobles avaient tendance à s'arranger des lois et des protocoles à leur guise. Exactement ce qu'on lui reprochait quand on l'accusait d'avoir été pistonnée tout au long de sa vie.

Un éclair de douleur lui traversa le crâne et elle s'assit pour enfouir son visage dans ses mains. Ce n'était pas seulement le manque de sommeil, le problème. Elle était également épuisée mentalement, moralement et magiquement.

Et elle avait conscience que, quoi qu'en pense Serek, l'affaire était loin d'être bouclée. Son regard se perdit un instant sur le rapport encore coincé dans la machine à écrire. Elle voyait clair dans l'attitude de Serek, à la réflexion. Sa supérieure ne voulait pas avoir à assumer la responsabilité de cette affaire, quel qu'en soit le dénouement, surtout s'il était effectivement arrivé quelque chose à De Palysse. C'était uniquement pour cette raison qu'elle ne lui avait pas hurlé dessus : pour ne pas faire de vagues.

Azelya se massa les tempes un instant. Pour la deuxième fois en trop peu de temps, les méthodes de la Guilde lui déplaisaient. Après Warlyn, c'était Serek qui s'arrangeait du règlement pour se préserver. Malgré le traitement qu'elle lui réservait depuis des mois, Azelya avait toujours eu une admiration certaine pour Serek. Consciencieuse, sa responsable se montrait à cheval sur les protocoles et avait l'air d'avoir sincèrement à cœur les intérêts supérieurs des habitants de Toluah. Elle venait de descendre de quelques crans dans son estime et Azelya songea à ses autres collègues. Était-ce parce qu'on était loin de la capitale que la Guilde semblait si différente, ici ? Non. Warlyn n'était pas mieux, et il siégeait au Conseil.

Azelya s'effondra sur son bureau, la tête coincée entre les bras. Elle ne voulait pas remettre la Guilde de Protection en question. Elle avait envie d'un café bien serré et d'une boîte complète de pâtisseries pour oublier tout ça un instant.

Une pensée malvenue se glissa cependant dans son esprit. L'une de ses boutiques préférées se trouvait sur la route pour se rendre au cabinet de Tulhë. Si quelqu'un pouvait saisir l'ampleur de ce qu'il se passait, c'était lui. Il était sur place, la veille, lui aussi. Et même si son jugement avait été occulté par ses opinions politiques, il avait forcément constaté comme elle un décalage. Quelque chose qui clochait.

Elle regarda encore le rapport. Si elle allait lui demander assistance, elle serait forcée d'y inscrire son nom. Serek serait furieuse comme jamais, mais elle ne pouvait pas rester sans rien faire. Son intuition lui hurlait d'intervenir elle-même, parce que personne d'autre ne le ferait. Quant à contacter Tulhë… Il la détestait aussi ouvertement que Serek, mais il l'écouterait peut-être mieux. Peut-être.

Azelya se mordit la lèvre. Ses doigts pianotèrent un instant sur le bord de son bureau, puis elle poussa un long soupir. De toute façon, il fallait agir, d'une manière ou d'une autre, et Serek avait décidé de confier l'affaire à un autre service. Azelya ne parviendrait jamais à lui faire changer d'avis et aucune escouade n'accepterait de se déplacer cette fois-ci, elle n'avait donc pas le choix.

Elle quitta le siège de la Guilde discrètement, ignorant sciemment Dehana et Bruenne quand elle les aperçut du coin de l'œil, au bout d'un couloir. Elle aurait pu se confier à elles… Avant. Maintenant, elle devait résoudre tout ça sans elles, surtout Dehana, pour pouvoir aller s'expliquer avec elles ensuite.

Azelya passa acheter une douzaine de pâtisseries, dont elle engloutit la moitié sur le chemin, puis elle se dirigea d'un pas décidé vers le quartier de l'Eau-Vive, où se trouvait le cabinet de Tulhë, au nord-est de Toluah.

Le bâtiment abritait au rez-de-chaussée Anton Belrath, une librairie spécialisée en sciences occultes.

Azelya ne put s'empêcher de détailler les grimoires poussiéreux exposés en vitrine, avant d'apercevoir son reflet. Soudain consciente du sucre qui s'étalait sur ses lèvres, elle s'essuya la bouche avec soin et en profita pour vérifier son allure générale. Elle ignora ses traits tirés et ses cernes et se concentra sur son chignon, à peu près correct, et les plis de sa jupe... Puis elle se re-saisit. Elle allait voir Tulhë. Elle se fichait bien de ce qu'il pouvait penser de son apparence.

Avec un soupir agacé, elle délaissa la vitrine de la librairie, qui présentait pourtant des titres qui éveillaient douloureusement sa curiosité, avant de chercher comment se rendre au deuxième étage.

L'escalier se situait à l'intérieur de la boutique. Elle salua poliment le libraire et, sans perdre de temps, elle grimpa les marches, ses pâtisseries serrées contre sa poitrine.

Le premier abritait quelques logements, tout comme le troisième et dernier et, au deuxième, coincé entre les deux, se trouvaient les locaux du cabinet de détectives privés Tulhë-Findhort.

Une épaisse moquette pourpre étouffa le bruit de ses pas quand elle franchit le seuil de la porte, après avoir brièvement détaillé la plaque dorée qui indiquait « Tulhë-Findhort, l'expertise de la Guilde de Protection, l'efficacité en plus ». Comme beaucoup de privés, ils se positionnaient d'entrée de jeu vis-à-vis de la Guilde, profitant de la frustration avec laquelle les plaignants se débattaient parfois. Azelya fit la moue. Était-ce vrai-ment eux, les profiteurs, ou bien la Guilde et ses proto-coles alambiqués qui lui permettaient de couvrir ses ar-rières ?

Azelya secoua la tête et, avec un reste d'agacement, elle s'avança prudemment dans le couloir. Plusieurs bruits lui parvinrent. Quelques conversations rendues incompréhensibles par des sortilèges, une machine à écrire dont on martyrisait les touches, des pas, sur du parquet, et le crépitement de la magie dans l'air. Tout comme le quartier général de la Guilde, le bâtiment était protégé par un nombre impressionnant de charmes et talismans. Elle n'en attendait pas moins de Tulhë, dont la puissance semblait aussi grande que son arrogance.

Quelques secondes plus tard, un jeune homme déboucha de l'une des pièces et se dirigea vers elle avec un sourire aimable. Azelya le reconnut sans le moindre mal : il s'agissait de celui qui présentait son petit tour de magie, quand elle avait surpris Tulhë en train de jouer au pickpocket. Ils étaient donc de mèches et tout n'était qu'une immense mise en scène.

Une porte s'ouvrit soudain sur leur droite, avant que le garçon ait eu le temps de dire quoi que ce soit, et une femme en surgit avec un large sourire.

— Tu peux retourner travailler, Luke, je m'en occupe.

Elle se tourna vers Azelya, une main tendue devant elle, et se présenta quand elle accepta de la serrer.

— Weld Findhort, à votre service. Que puis-je faire pour vous ?

Azelya la jaugea rapidement. Ses cheveux blonds tombaient sur ses épaules en cascade bouclées, et quelques plis rieurs se dessinaient au coin de ses yeux alors qu'elle lui souriait poliment. Elle aussi, elle dégageait une certaine puissance, sans le moindre doute, mais ses manières étaient plus prévenantes que celles de Tulhë… pour le moment.

— Azelya Lostrey. Je travaille pour la Guilde de Protection.

Son attitude ne changea pas. Azelya ne put contrôler le soulagement qui l'envahit aussitôt.

— En quoi puis-je vous être utile ?

Ses doigts glissèrent sur sa paume alors qu'elle lâchait enfin sa main et elle frissonna. *« Ce n'est pas le moment, bon sang ! »* Et pourtant, comment ne pas remarquer à quel point elle était séduisante ?

Azelya se renfrogna. Ce devait être l'un de leurs ridicules critères de recrutement, parce que le jeune homme était loin d'être vilain, lui aussi. Quant à Tulhë, avec son air hautain et méprisant, il devait bien plaire à une certaine partie de la population.

— Je dois m'entretenir de toute urgence avec Tulhë. C'est au sujet de l'affaire De Palysse.

Findhort haussa les sourcils de surprise, avant de sourire de nouveau.

— Vous êtes sûre ? Il est d'une humeur massacrante. L'humiliation ne lui réussit pas vraiment.

Oui, Azelya était sûre. Elle n'en avait pas envie, mais elle était sûre. Elle acquiesça.

— S'il vous plaît.

— Eh bien, pour une représentante de la Guilde, vous êtes bien polie. Et jolie en plus de ça. Il avait gardé ça pour lui.

Azelya se sentit rougir et elle fronça les sourcils.

— Je suis là pour le travail. J'apprécierais qu'on s'en tienne à ça.

Findhort éclata d'un rire franc, avant de lui prendre ses pâtisseries des mains sans lui laisser le temps de protester.

— Venez. Un peu de sucre devrait l'adoucir assez pour qu'il ne vous mette pas à la porte trop vite.

Azelya la suivit sans rien dire. Quand Findhort pénétra dans le bureau sans frapper, le regard de Tulhë l'ignora et se posa directement sur Azelya. Un regard noir, probablement censé la dissuader de rester. Ses sortilèges avaient dû l'avertir de sa présence. Findhort l'invita à entrer à son tour et, après avoir déposé la boîte de pâtisseries devant Tulhë, juste sous son nez, elle se retira, non sans une tape d'encouragement sur l'épaule d'Azelya. Elle aurait pu accueillir cette marque de soutien avec reconnaissance, mais cela ne fit qu'augmenter son agacement. *« Pauvre petite, tu vas te faire manger toute crue »*. Voilà l'impression que lui avait donnée cette simple tape. Il n'en était pas question.

Tulhë observa un instant sur les pâtisseries, puis de nouveau Azelya.

— Oui ? demanda-t-il froidement.

Azelya rentra le menton. Elle avait pris soin de peaufiner son argumentaire en chemin, mais tout venait de s'envoler. Findhort avait raison. Si Azelya se laissait faire, Tulhë la mangerait toute crue et jetterait ses restes dans la rue. Pourtant, elle ne parvenait pas à se lancer.

— Je suppose que vous ne vous êtes pas abaissée à poser les pieds dans un quartier aussi populaire pour me fixer avec cet air ahuri, ajouta-t-il après un silence. Alors, pressez, j'ai du travail.

— Ce n'est pas fini.

Tulhë arqua un sourcil dubitatif.

— Qu'est-ce qui n'est pas fini ?

— L'affaire De Palysse.

Il poussa un long soupir agacé, d'une violence qui lui donna envie de reculer d'un pas. Elle tint bon. Elle ne devait pas se laisser intimider. Il était hors de question de lui céder le moindre terrain.

— Ce n'est pas la peine de me harceler pour avoir mon rapport. Je vous ai déjà dit que je le communiquerai à la Guilde quand il sera prêt.

— Je me fiche de votre rapport, je ne suis pas là pour ça.

Le regard toujours noir, Tulhë appuya ses coudes sur son bureau et entremêla ses doigts devant son visage sans rien dire. Azelya détestait cette sensation de lui être inférieure en tout point. De n'avoir l'air que d'une enfant qui se débat pour prouver à un adulte qu'elle n'est pas stupide.

— Quelque chose cloche. J'ai détecté des traces de magie qui n'avaient rien à voir avec leur mise en scène.

Tulhë resta muré dans son silence.

— Vous avez forcément repéré quelque chose, vous aussi ! s'agaça-t-elle.

Une lueur passa dans son regard, qu'elle ne parvint pas à analyser, et il se leva finalement avec lenteur.

— De Palysse et Obélile ont tout orchestré. J'ai entendu que votre escouade n'avait pas été fichue de les arrêter. Ils font durer leur petit jeu malsain et si vous êtes assez stupide pour tomber encore une fois dans le panneau, ce n'est pas mon cas.

— Parce que ça vous connaît tellement bien, ce genre de mises en scène.

Quand elle en avait fait mention la première fois, il avait fait mine de ne pas comprendre tout de suite de quoi elle parlait. Cette fois-ci, sa réaction fut immédiate. Il glissa ses mains dans les poches et continua de s'approcher d'elle. Azelya s'en tint à la ligne de conduite qu'elle s'était fixée. Les poings crispés, dissimulés dans les plis de sa jupe, elle ne bougea pas d'un cheveu, si bien que ce fut lui qui fut forcé de s'arrêter, lorsqu'il fut assez prêt pour que leurs poitrines se frôlent presque. Elle rougit à cette pensée, mais leva bravement les yeux vers lui.

— Vous ne savez pas de quoi vous parlez, déclara -t-il à voix basse.

Son souffle chaud lui caressa le visage.

— Vous non plus.

Sa réplique était pitoyable et ça ne manqua pas : un sourire narquois étira les lèvres de Tulhë.

— Faites-moi confiance. Je sais exactement de quoi je parle. Et maintenant…

— J'ai besoin de votre aide.

Les mots étaient sortis d'eux-mêmes. Un éclair de surprise passa dans les yeux de Tulhë et elle s'insulta aussitôt, sans pour autant baisser la tête. Le regard toujours plongé dans le sien, elle le mettait au défi de refuser. Un défi qui sembla malheureusement largement à sa portée.

— Débrouillez-vous toute seule. J'ai assez perdu de temps avec ces bêtises.

Il tourna finalement les talons et Azelya s'autorisa enfin à prendre une profonde inspiration.

— Cette affaire m'a aussi fait perdre beaucoup trop d'argent, puisque je peux très clairement m'asseoir sur mes honoraires, poursuivit-il en se réinstallant sur sa chaise. Et comme je ne bénéficie pas des subventions du royaume pour m'en sortir en me tournant les pouces dans mon bureau…

Azelya fronça les sourcils. Elle s'avança d'un pas pour répondre, mais Tulhë fut plus rapide.

— Je ne parle même pas des vieux bons à rien, juste riches et puissants de naissance et qui siègent au Conseil par chance !

Le regard qu'il lui jeta la dissuada de rester plus longtemps. Comme elle le redoutait, il avait parfaitement bien compris que Warlyn avait marché à sa façon dans la combine de De Palysse, entraînant la Guilde dedans par la même occasion. Et elle se détestait de lui avoir donné de quoi se faire battre un peu plus.

— Dehors, lança-t-il sèchement. Et je garde les pâtisseries en dédommagement.

— Dédommagement pour quoi ? s'offusqua-t-elle.

— Le déplaisir de votre visite.

Il plongea la main dans la boîte et en sortit une, dont il prit une bouchée gourmande. Il leva les yeux au ciel avec une exclamation de délice.

— Cela valait presque le coup.

Azelya le fusilla du regard, plus vexée que jamais. Elle quitta son bureau en claquant la porte. Dans le couloir, Findhort tenta de l'intercepter en l'attrapant par le bras. Elle se dégagea brusquement et dévala les escaliers quatre à quatre. Une fois dans la rue, elle marcha un long moment avant de parvenir à réfléchir plus posément. La vexation laissa place à la colère, qui fut remplacée par la frustration, puis une amère réalisation : elle était seule. Serek avait confié le dossier à un autre service. Aucune escouade n'accepterait de se mobiliser une nouvelle fois pour elle et Tulhë était resté fidèle à lui-même, hélas. Azelya serra les poings. Elle avait sincèrement cru pouvoir compter sur lui. Que conclure convenablement cette affaire serait aussi important pour lui que pour elle. Elle songea avec amertume qu'elle était décidément bien mauvaise pour juger du caractère des gens.

— Tant pis ! s'exclama-t-elle soudain.

Sans faire attention aux regards curieux qu'elle venait d'attirer, elle héla une voiture taxi d'un geste de la main. Il n'y avait plus qu'elle pour régler le souci ? Très bien. Alors elle le règlerait. Elle n'avait pas fini première de sa promotion pour rien.

Chapitre 11

Cette fois-ci, ce fut Azelya qui arrêta la voiture taxi bien avant d'arriver sur place. Le chauffeur se tourna vers elle d'un air interrogateur.

— Vous êtes sûre ?

— Oui, merci.

Le regard fixé sur le sommet des tours qu'elle apercevait déjà au loin, elle glissa son paiement dans la main de l'homme, qui fit aussitôt demi-tour après avoir haussé les épaules. Azelya toucha le talisman qu'elle portait au cou pour l'activer. Elle avait bien fait de se préparer au pire : elle sentait désormais la présence de l'entité de là où elle se trouvait. Son énergie magique se déployait dans l'air, gluante, sombre, assoiffée.

Elle hésita un instant. Il n'était pas trop tard pour donner l'alerte. *« Sauf que plus personne ne te croit… »* Azelya inspira longuement et rassembla ses esprits. Ses poings se serrèrent d'eux-mêmes. Il n'était plus question de savoir si elle pouvait le faire : elle devait le faire, où il y aurait bientôt des victimes.

Après de trop nombreuses minutes, paralysée malgré elle par l'appréhension, Azelya parvint enfin à faire un pas en avant. Ce fut le plus dur. Après celui-ci, les autres suivirent plus naturellement, de plus en plus vite, et elle rejoignit finalement le complexe immobilier en courant. Les dernières pièces du puzzle se recollèrent en chemin. De Palysse s'était peut-être renseigné, il n'avait malgré tout qu'une connaissance trop parcellaire des pratiques des Terres sans lois. Au cours de ses manigances, il avait eu mille fois l'occasion de commettre de graves erreurs sans s'en rendre compte, et c'était ce qu'il s'était produit. Azelya pesta. Voilà pourquoi les nobles devaient cesser de jouer avec la magie et de prendre les sciences occultes à la légère.

Azelya s'arrêta de courir juste avant de pénétrer dans le complexe immobilier. Le souffle court, elle activa un autre talisman et leva une main devant elle pour mieux capter les émanations magiques et identifier l'entité avec plus de précision. Son corps s'engourdit en un instant quand elle comprit à quoi elle avait affaire.

« Si seulement Tulhë était venu ! » Sa colère provoqua aussitôt des remous dans les effluves de l'entité et elle s'efforça de contrôler ses émotions. Elle ne devait pas se trahir bêtement.

Azelya se retint de fermer les yeux pour mieux se concentrer. Lentement, elle activa encore deux talismans, tout en sachant que cela ne suffirait pas. Pas face à un Gidim, une entité de niveau cinq qui n'avait strictement rien à faire là. De Palysse et Obélile avaient joué avec le feu et maintenant, c'était elle qui s'apprêtait à en payer le prix, d'une façon ou d'une autre.

« *Personne d'autre n'arrivera à temps.* » Azelya fronça les sourcils. Elle pouvait encore décider d'attendre. Ne pas prendre de risques inutiles. Les protocoles de la Guilde étaient là pour la couvrir. Personne ne la blâmerait, même avec des morts dans le rapport final. Elle fit pourtant le choix de rester. Consciente de jouer elle aussi avec le feu, elle ne parvenait pas à s'enlever de l'esprit que si elle tournait les talons, elle admettrait qu'elle n'était qu'une incapable, qu'elle ne méritait pas sa place et qu'ils avaient tous eu raison de douter d'elle. Il en était hors de question.

Plusieurs vitres volèrent en éclat quand elle s'avança enfin dans le domaine. Elle n'en fut pas surprise : les lieux appartenaient désormais au Gidim et elle venait de pénétrer sur son territoire. L'entité la reconnaissait, elle le sentait. Ses émanations se modulaient, s'amusaient, s'enroulaient autour d'Azelya.

Dans la cour, entre les immeubles, dans les étages, c'était le chaos, plus que jamais. Les fenêtres étaient presque toutes brisées, des éclats de verre et des décombres de meubles jonchaient le sol. Le soleil brillait haut dans le ciel, mais un brouillard lugubre voilait sa lumière et ternissait toutes les riches couleurs. Azelya se frotta les bras. Un froid mordant régnait sur les lieux. Aucun bruit ne lui parvenait. Elle se surprit à transpirer malgré tout, alors que la peur lui serrait le ventre encore une fois. Elle n'aurait pas dû se trouver là. Mais elle l'était. Et elle s'en sortirait vivante.

Azelya passa en revue ses différentes options. Le Gidim s'était solidement implanté, il ne tarderait pas à étendre son territoire à tout le quartier. Ce n'était plus qu'une question d'heures… Elle activa un nouveau talisman de protection, le dernier. Elle ne pouvait désormais compter que sur ses propres réserves. D'un mouvement de main, elle formula un sortilège de détection. Le plan était simple, finalement : trouver le point d'ancrage du Gidim, le détruire et bannir l'entité du territoire de Toluah. *« Simple... »* Azelya laissa échapper un rire jaune. *« Simple »* se répéta-t-elle plus fermement.

Les lèvres pincées, les sourcils froncés de concentration, elle progressa pas à pas, un sortilège d'attaque déjà activé dans le creux de la paume, prêt à être lancé pour couvrir sa fuite.

Son premier objectif fut de rejoindre le lieu du premier « rituel » mis en scène par De Palysse et Obélile, dans l'un des appartements. Elle frissonna en pensant à la famille qui serait peut-être revenue s'installer là, si elle avait accepté d'abonder dans le sens de De Palysse comme lui avait demandé Warlyn sans même chercher à comprendre. Elle avait fait le bon choix.

Comme les fois précédentes, l'entité joua avec elle et la mena par le bout du nez. Forcément, elle ne voulait pas qu'Azelya localise son point d'ancrage. Ses sens décuplés par un nouveau sortilège, Azelya ne se laissa pas prendre au piège. Elle pénétra finalement dans l'appartement. Elle ne put empêcher la déception de lui serrer la gorge quand elle trouva la pièce vide. Elle aurait préféré que Tulhë soit arrivé là avant elle, comme la dernière fois, d'une manière ou d'une autre.

Azelya fronça le nez. Une odeur de pourriture flottait dans l'air, probablement de la nourriture abandonnée lors de l'évacuation des lieux. En dehors de ça, rien n'avait bougé. Les bougies étaient toujours en place. Elle fut tentée d'analyser la scène pour comprendre l'erreur commise par De Palysse, mais ce n'était qu'un prétexte pour ne pas poursuivre.

— Pas ici, dit-elle à voix haute.

Elle se concentra de nouveau. Son cœur s'emballa quand elle sentit l'entité foncer vers elle. Traversant les murs de pierre, elle fila dans sa direction, plus rapide qu'un courant d'air, et Azelya eut tout juste le temps de se retourner. Elle libéra son sortilège offensif trop tard. Tout devint noir.

Azelya revint à elle en grimaçant de douleur. Le sang battait à ses tempes, ses oreilles bourdonnaient et tout son corps la faisait souffrir. Plongée dans l'obscurité la plus totale, elle resta immobile pour évaluer la situation. Les yeux fermés, elle testa ses talismans. Le Gidim les avait tous détruits. Quant à ses fioles, elles étaient toutes brisées. Azelya refoula ses larmes. *« Ce n'est pas fini. »*

D'un discret mouvement du doigt, elle amplifia sa sensibilité magique. L'entité ne se trouvait pas à proximité. Azelya souffla doucement de soulagement. Elle se redressa en grimaçant, puis lança un nouveau sortilège pour y voir plus clair. Quand son regard se posa sur un corps abandonné à deux pas d'elle, elle frémit à peine. Elle s'y attendait. Le Gidim s'était contenté de lui faire perdre connaissance sans la dévorer : il était donc repu. Azelya regrettait qu'il ait déjà eu le temps de faire une victime. Si elle avait été meilleure…

La culpabilité la rongea encore et elle rejoignit la dépouille à quatre pattes, en silence, en essayant de ne pas perturber les courants magiques du lieu. Tant que le Gidim la croirait évanouie, elle avait une chance.

— Oh… Sire De Palysse… se désola-t-elle.

Complètement desséché, presque momifié, le corps de De Palysse avait été vidé de toute son énergie

vitale, mais Azelya reconnaissait sans erreur possible les vêtements qu'il portait lors de leur altercation de la nuit passée.

Elle améliora encore sa vue et perça ainsi toutes les ténèbres de la pièce. De Palysse n'était pas la seule victime : Obélile et leurs autres complices étaient là, eux aussi. Azelya se força à respirer lentement pour chasser sa nausée. Pas étonnant que l'escouade de la Guilde ne les ait pas trouvés : le Gidim l'avait fait en premier. Et c'était leur faute, à Tulhë et elle. Parce qu'ils avaient tous les deux mal fait leur travail.

Azelya se laissa tomber sur les fesses un instant, au milieu des corps, et prit le temps de réfléchir soigneusement à la suite. Le Gidim l'avait repérée parce qu'elle avait voulu régler le problème le plus vite possible. Elle avait tout misé sur la rapidité et n'avait pas cherché à dissimuler sa présence. Elle devait changer de tactique. Sa maîtrise de la sorcellerie était assez subtile pour qu'elle puisse se déplacer sans alerter le Gidim, si elle y prenait garde.

Sans ses talismans, la moindre erreur serait fatale et ses réserves étaient déjà entamées, mais cela valait le coup d'essayer.

Azelya se releva donc et lissa les plis de sa jupe avant de prendre une longue inspiration. Sentir les influx, contrebalancer au fur et à mesure les légères variations apportées par sa propre magie tout en avançant, chercher le point d'ancrage du Gidim. *« Simple »*.

— Allons-y… souffla-t-elle.

Sans un mot, elle se faufila hors de la pièce. Les doigts de sa main droite s'agitaient, se pliaient, comme mus par une volonté indépendante, alors qu'elle modulait ses sortilèges pour camoufler sa présence.

Azelya se glissa ainsi le long d'un couloir, monta quelques marches et se retrouva au rez-de-chaussée de la tour centrale. Le bureau de De Palysse se trouvait là, au-dessus de sa tête, au cinquième étage. Azelya rentra le menton. Ce pouvait être l'emplacement du point d'ancrage, si De Palysse y avait mené des essais avant de mettre son plan en application.

L'entité, en tout cas, rôdait bien dans ce bâtiment. Azelya s'immobilisa un instant pour tâcher de se souvenir de la configuration des lieux, puis elle reprit sa progression. Dehors, la nuit commençait à tomber. Pourquoi personne n'était encore là ? Aucun collègue ne s'était-il inquiété de son absence ? Azelya retint un rire amer. Non. Bien sûr que non.

Quand l'obscurité serait complète, le Gidim viendrait récolter son énergie vitale, ou bien il irait la chercher ailleurs, dans le voisinage. Ou les deux.

Azelya accéléra le rythme. Ses doigts s'agitaient de plus en plus vite et les muscles de son bras commençaient à protester. Ses oreilles bourdonnaient de nouveau et elle avait tellement transpiré d'angoisse que le moindre courant d'air la faisait frissonner.

Puis, enfin, après une progression interminable, elle arriva devant le bureau de De Palysse et tous ses doutes s'envolèrent : le point d'ancrage se situait bel et bien à cet endroit. Le souci ? La porte avait été violemment arrachée et Azelya pouvait contempler sans mal le Gidim qui se trouvait là également, flottant dans l'air, immobile, comme s'il attendait patiemment son heure.

Azelya recula prudemment de quelques pas. Plaquée contre le mur, elle figea ses sortilèges. Seul son auriculaire tressaillait encore par moment, pour éviter que sa respiration ne la trahisse. À cette distance, le moindre frémissement de magie pouvait la condamner.

Le point d'ancrage se situait au centre de l'immense pièce ; le Gidim planait au-dessus. Sa silhouette indistincte semblait vaguement humanoïde, à ceci près que de trop nombreux bras d'une épaisse fumée noire flottaient tout autour de lui.

Azelya sentait ses effluves s'étendre dans toutes les directions, mais avec une faible vigilance. Il était dans un état de semi-conscience, sans doute la fin de sa digestion. C'était le moment ou jamais. Employer la force brute la mènerait à l'échec, mais ce n'était pas la seule solution. Si elle s'y prenait bien, elle pouvait tenter le même plan que la fois précédente : tisser une toile pour lui tendre un piège.

Lentement, Azelya pivota et jeta un nouveau coup d'œil. Le Gidim ne bougeait toujours pas. Elle s'avança d'un pas. Elle devait former un cercle complet autour du point d'ancrage, en instillant un sortilège de scellement tous les soixante degrés.

En essayant de respirer le moins possible, se figeant au moindre froissement de tissu, Azelya mit en place la première maille de son filet. Puis la deuxième… Sa main droite modulait les courants magiques autour d'elle, la gauche liait les sortilèges les uns aux autres. Le Gidim s'agitait par moment, l'un de ses bras s'étirant vers elle, et Azelya avait envie de s'enfuir loin, très loin. De déclarer qu'elle avait fait ce qu'elle avait pu, mais que ce n'était plus son problème : c'était celui de ceux qui n'avaient pas écouté ses avertissements.

Troisième maille du filet. Azelya serra les dents. L'épuisement la gagnait. Ses mouvements de doigts se faisaient moins précis, son bras s'engourdissait. Qua-

trième maille. Un vertige lui fit tourner la tête et elle
tituba. Le Gidim se redressa brusquement en hurlant,
un cri perçant qui lui vrilla les tympans et la poussa à se
recroqueviller sur le sol, les deux mains plaquées sur les
oreilles. Elle avait échoué. C'était les autres, qui avaient
raison. Elle était trop mauvaise pour mériter son poste
à la Guilde.

Un temps passa, le Gidim continuait de vociférer,
mais Azelya était toujours indemne.

— Relevez-vous, bon sang !

Des larmes de soulagement lui montèrent aux
yeux. Tulhë se tenait dans l'embrasure de la porte. Une
main dressée devant lui, il bombardait le Gidim de sortilèges verdoyants et sans le moindre doute douloureux.
Azelya les identifia sans mal : offensifs et exactement
dans le champ vibratoire approprié pour contrer le Gidim.

Les épaules d'Azelya se relâchèrent. Elle avait
tenu bon jusque-là, mais ça y est, elle pouvait lâcher
prise. Tulhë était plus puissant qu'elle, il allait prendre le
relai.

— À quoi jouez-vous, bon sang, Lostrey ?

Elle redressa vivement la tête pour le regarder.
Tulhë fixait le Gidim, qui tentait de fondre sur eux,
hors de lui. Ses cris emplissaient toute la pièce. Au loin,
d'autres hurlements résonnèrent, de panique. Le voisinage avait dû entendre le vacarme. Les gens fuyaient.

— Relevez-vous ! lui ordonna-t-il sèchement. Je
peux le retenir, mais pas le bannir. Ça, c'est votre partie ! Alors, dépêchez-vous et qu'on en finisse !

Azelya se tourna pour regarder ses sortilèges, les
mailles de son filet à moitié déployé, qui flottaient dans
l'air.

— Lostrey ! cria encore Tulhë.

Azelya leva la main et créa la cinquième maille. L'un des bras du Gidim s'allongea et accrocha ses cheveux. Elle se jeta en avant pour se défaire de la prise. Heureusement, l'entité était surtout faite de fumée et son corps physique ne l'avait pas atteinte. Elle se libéra facilement, même si sa mèche de cheveux avait dû tourner au blanc.

D'un pas titubant, elle rejoignit Tulhë et créa la sixième et dernière maille. Elle claqua ensuite ses mains entre elles et, en les gardant collées, elle prononça la formule destinée à emprisonner le Gidim. L'entité se recroquevilla aussitôt sur elle-même, capturée par le filet de son piège magique.

— À vous !

Le Gidim se débattait en hurlant et maintenir ses mains jointes requérait toute sa force et sa concentration. Tulhë s'avança et, ses deux mains dressées devant lui, il déclama quelques mots de puissance. Une lueur pourpre sortit de ses paumes et alla tournoyer au centre de la pièce, de plus en plus vite, jusqu'à provoquer un vif éclair lumineux. Azelya ferma les yeux à temps, les mains toujours collées. Dès qu'elle sentit que l'entité n'était plus liée à rien, elle prononça les formules de bannissement et s'écroula sur le sol, à bout de nerfs.

Tulhë fit deux fois le tour du bureau, avant de se diriger finalement vers elle. Azelya le regarda faire sans bouger. Elle n'avait plus de force et, si elle se levait, elle risquait de vomir. Tulhë ne lui laissa cependant pas le choix. Il la souleva comme si elle ne pesait rien. Azelya tituba et il passa un bras autour de sa taille pour la soutenir.

— Venez. Je ne supporte plus cet endroit.

Azelya était bien du même avis. Elle ne prononça pourtant pas un seul mot alors qu'ils descendaient ensemble les marches. À chaque étage, elle contempla les dégâts occasionnés par le Gidim. Pour le coup, De Palysse aurait eu de quoi faire fonctionner ses assurances… mais c'était trop tard pour lui. Un autre membre de la famille en profiterait très certainement. Azelya se promit intérieurement de ne pas épargner la responsabilité de De Palysse dans l'apparition de l'entité. Cette fraude ne prendrait pas, fin de l'histoire.

Une fois dehors, Tulhë poussa un long soupir de soulagement, mais ne la lâcha pas. Azelya ferma les yeux et s'appuya contre lui le temps de retrouver quelques forces. Ils restèrent ainsi un instant, puis Tulhë éprouva le besoin de parler. Hélas.

— Ce n'était pas si mal, pour une première affaire, commenta-t-il.

— Une première ?

Azelya se recula pour chercher son regard et le bras de Tulhë quitta enfin sa taille. Il glissa les mains dans les poches et haussa les épaules.

— C'était votre première affaire, non ? Ce n'était pas une information difficile à obtenir, tout comme le piston dont vous avez bénéficié.

Un sursaut d'énergie provoqué par la colère lui fit serrer les poings, devant elle, cette fois-ci. Tulhë lui jeta un coup d'œil.

— Vous allez me frapper parce que je vous ai vexée ?

— Je n'ai bénéficié d'aucun…

— … piston, je sais.

Azelya haussa les sourcils de surprise et Tulhë éclata franchement de rire.

— Une pistonnée serait morte bien avant mon arrivée. Ce que vous avez fait, là-haut, c'était du haut niveau.

Des larmes lui montèrent aussitôt aux yeux et Tulhë leva les yeux au ciel, exaspéré.

— Vous accordez trop d'importance à ce que les autres pensent de vous. Qu'est-ce que ça peut bien vous faire ? Ont-ils seulement votre estime, eux ?

— Vous l'avez.

Azelya ferma les yeux en soupirant, agacée par ce qu'elle avait laissé échapper, mais elle eut le temps d'apercevoir son sourire satisfait et la lueur de plaisir dans son regard. Elle parlait toujours sans réfléchir, quand elle était fatiguée.

— Peu importe. Merci d'être venu.

Tulhë haussa les épaules d'un air désinvolte.

— Wend a très lourdement insisté. J'en avais assez de ses jérémiades.

Azelya roula des yeux, puis reporta son attention sur le sommet de la tour.

— Comment l'escouade spéciale a-t-elle pu passer à côté du Gidim ? Il devait être en train d'aspirer toute l'énergie vitale de De Palysse et ses complices…

— J'ai une théorie, mais vous allez encore vous fâcher.

Elle le fusilla du regard, ce qui sembla l'encourager au lieu de le dissuader.

— La Guilde grouille d'incompétents, déclara-t-il avec un haussement d'épaules. Vous n'êtes peut-être pas concernée, mais ça ne redore pas le blason des autres.

Azelya laissa échapper un long soupir.

— Vous ne vous élèverez pas en restant avec eux, insista-t-il encore.

— Je ne…

— Et c'est assez de niaiseries pour ce soir ! Au plaisir de ne pas se recroiser, Lostrey !

Il la salua en s'inclinant exagérément, puis s'éloigna d'un pas vif. Azelya le regarda disparaître dans la nuit, le ventre soudain noué d'angoisse. La dernière fois qu'il était parti ainsi, l'entité en avait profité pour se déchaîner.

Elle ferma les yeux et lança un sortilège de détection. Le Gidim avait bel et bien été banni. Il ne restait à présent que les traces de son passage, que ses collègues ne devraient pas avoir trop de difficulté à identifier. Au pire, les corps desséchés entreposés au sous-sol devraient appuyer sans mal son récit. Avec un rire amer, Azelya songea que même ainsi, Serek allait être incapable de se montrer juste avec elle…

— Bon. La nuit n'est pas finie, déclara-t-elle à haute voix.

Chapitre 12

Heureusement qu'Azelya n'espérait pas être accueillie en héroïne : ses collègues firent à peine attention à elle, quand elle se présenta le lendemain en début d'après-midi, après avoir volé quelques heures de sommeil bien méritées.

La nuit précédente, elle s'était dépêchée de prévenir la Guilde : Serek, personnellement, ainsi qu'une escouade d'intervention, et elle les avait attendus sur place de pied ferme, malgré son envie de fuir les lieux une bonne fois pour toutes elle aussi.

Serek lui avait adressé un vague grognement, puis avait exigé son rapport complet sous vingt-quatre heures, avant de la congédier sèchement. Azelya ne s'était pas fait prier : elle était rentrée chez elle et, après une longue douche brûlante, elle s'était écroulée dans son lit.

À présent, propre et délassée, à peu près reposée et de nouveau protégée par quelques talismans, elle remontait le couloir en direction de son bureau.

— Azé !

Dehana la rattrapa alors qu'elle était presque arrivée. Bruenne trottinait derrière elle comme à son habitude. Elles se dirigeaient toutes les deux vers elle avec un large sourire, qu'Azelya peina à leur rendre. Dehana ne sembla rien remarquer, mais Bruenne fronça brièvement les sourcils.

— Alors ? Finalement, tu avais raison ! Tu dois être contente ! s'exclama Dehana en l'attrapant par les mains.

Plusieurs réponses lui vinrent à l'esprit. Oui, elle avait raison, mais non, elle n'était pas contente, loin de là. Elle avait failli mourir parce que personne n'avait voulu lui prêter de crédit. Personne, à part Tulhë, et même lui avait mis trop de temps. Sa survie s'était jouée à trop peu de choses.

Elle n'était pas contente, parce que son oncle l'avait presque jetée en pâture, à Serek, à De Palysse… Au Gidim aussi. Sans le vouloir, mais tout de même.

Elle n'était pas contente, parce que toute cette histoire avait ébranlé sa foi en la Guilde de Protection. Tant de choses s'en trouvaient remises en cause…

Et, enfin, elle n'était pas contente, parce qu'elle devinait que tout cela ne changerait rien : après tout, elle avait « juste » fait son travail, comme tous ses collègues, pas de quoi fanfaronner. Elle se sentait même d'humeur à parier que ce seraient les mots exacts que Serek emploierait à la première occasion.

Tout cela lui traversa l'esprit avant que Dehana ait le temps de comprendre que non, définitivement, ça n'allait pas. Azelya parvint à sourire encore en haussant les épaules.

— Je suis contente, oui. Et fatiguée.

Dehana acquiesça plusieurs fois.

— On est fière de toi ! lança-t-elle. Pas vrai, Bruenne ?

Bruenne approuva sans rien dire. Quelque chose semblait la contrarier, mais Azelya n'était pas d'humeur à essayer de déterminer quoi.

Sans crier gare, Dehana la fit pivoter et, les deux mains posées sur ses épaules, elle la poussa vers la porte de son bureau.

— Allez ! Va nous rédiger le parfait rapport pour mettre le point final à toute cette affaire !

Azelya n'aima pas son choix de mot. Est-ce qu'elle verrait toujours un double sens aux paroles de Dehana, désormais ? Ou bien est-ce qu'elle avait juste besoin de digérer les récents événements ?

Elle se débarrassa de ces interrogations avec un haussement d'épaules. Chaque chose en son temps. Elle referma la porte, soulagée pour la première fois de se retrouver dans le calme de son minuscule bureau.

Un courrier l'attendait là. Azelya reconnut en soupirant le sceau des Lostrey. Son oncle n'avait pas tardé à la contacter de nouveau. Elle se saisit de l'enveloppe. Le pli à l'intérieur n'était pas bien épais. S'il avait voulu la fustiger, Warlyn se serait déplacé en personne, ou aurait étalé ses reproches sur plusieurs pages. Cela ne signifiait pas qu'il s'agissait d'une bonne nouvelle pour autant.

Avec un soupir, Azelya reposa la lettre. Elle verrait cela plus tard. D'abord, le rapport, et puis… la suite, quelle qu'elle soit.

Elle venait à peine d'écrire quelques mots à la machine que Serek débarqua en trombe, furieuse comme rarement.

— Vous n'auriez pas oublié de me dire quelque chose, Lostrey ?

Azelya haussa les sourcils sans comprendre quelle pouvait être la cause de sa colère. Serek s'avança et jeta le dossier qu'elle tenait sur son bureau. Elle reconnut avec horreur le cachet du cabinet de Tulhë-Findhort. Comme par hasard, il avait fallu que ce crétin se montre diligent, pour une fois. Ou bien n'était-ce qu'une nouvelle façon de lui taper sur les nerfs ?

Elle reporta son regard sur Serek, qui attendait une réaction de sa part. Azelya pesa le pour et le contre. Elle pouvait encore mentir. Dire qu'elle l'ignorait. Mais... Dehana savait. Et elle ne faisait plus confiance à Dehana.

Serek perdit patience et explosa.

— Mahel Tulhë ? Vraiment, Lostrey ?

Azelya prit une profonde inspiration. Jusqu'à preuve du contraire, elle n'avait aucun collègue sur qui compter, aucun membre de sa famille, et cela lui allait très bien. Elle s'en sortirait seule. Et il n'était plus question de se laisser marcher sur les pieds. Tout le monde s'arrangeait du règlement de la Guilde ? Parfait. Elle le ferait également.

— Est-ce que cela pose un problème ? Sans lui, le Gidim aurait fait beaucoup plus de victimes, après les différents échecs des escouades à bannir l'entité malgré mes signalements insistants. D'après le protocole en vigueur dans un cas comme celui-ci, il est de vigueur de...

— Vous voulez vraiment jouer à ça avec moi, Lostrey ?

Azelya haussa les sourcils d'un air surpris.

— Je ne fais que me référer aux protocoles de la Guilde, madame.

Elles s'affrontèrent du regard pendant de longues secondes, avant que Serek ne recule d'un pas. Le cœur d'Azelya s'emballa. C'était la première fois que Serek cédait devant elle, d'une façon ou d'une autre. Elle s'efforça de conserver une expression impassible. Il n'y avait pas de quoi jubiler : elle le payerait à la première occasion.

— Bouclez-moi ce dossier, lança sèchement Serek, avant de partir en claquant la porte.

— Oui, madame… murmura Azelya.

Un nouveau soupir lui souleva la poitrine. Elle allait le payer, certes, mais elle avait réussi. Elle avait résolu sa première affaire, alors que le monde entier se dressait contre elle. Elle pourrait s'en sortir.

AFFAIRE À SUIVRE
DANS LE TOME 2...

Si vous croyez que vos ami(e)s pourraient apprécier ce livre, n'hésitez pas à le partager.

Et si vous avez particulièrement apprécié cette lecture, je vous serai éternellement reconnaissante de bien vouloir mettre sur Amazon, Babelio, Goodreads, ... un commentaire qui reflète votre jugement de ce roman.

Pourquoi ? Je ne vis que de ma plume et ces deux gestes de soutien m'aideront énormément.

De la même autrice, disponible en numérique ou version broché :

L'Éveil de l'Ombre, tome 1 : La Traque
L'Éveil de l'Ombre, tome 2 : La Relique
La Dernière guerre, tome 1 : Alliances et désunions
Voyage en Terres sauvages

Printed in Great Britain
by Amazon